소년, 소녀를 만나다

소년, 소녀를 만나다
황순원의 「소나기」 이어쓰기

제1판 제 1쇄 2016년 5월 27일
제1판 제13쇄 2024년 9월 13일

엮은이 황순원문학촌 소나기마을
책임편집 김종회
펴낸이 이광호
펴낸곳 ㈜문학과지성사
등록번호 제1993-000098호
주소 04034 서울 마포구 잔다리로7길 18 (서교동 377-20)
전화 02) 338-7224
팩스 02) 323-4180(편집)   02) 338-7221(영업)
전자우편 moonji@moonji.com
홈페이지 www.moonji.com

ⓒ 황순원문학촌 소나기마을, 2016. Printed in Seoul, Korea.

ISBN 978-89-320-2870-5 43810

이 책의 판권은 엮은이와 ㈜문학과지성사에 있습니다.
양측의 서면 동의 없는 무단 전재 및 복제를 금합니다.

이 도서의 국립중앙도서관 출판예정도서목록(CIP)은 서지정보유통지원시스템 홈페이지
(http://seoji.nl.go.kr)와 국가자료공동목록시스템(http://www.nl.go.kr/kolisnet)에서
이용하실 수 있습니다.(CIP제어번호: CIP2016012722)

소년, 소녀를 만나다

황순원의 「소나기」 이어 쓰기

황순원문학촌 소나기마을 엮음
김종회 책임편집

문학과지성사

차례

소나기	황순원	7
해살	구병모	27
축복	손보미	39
가을하다	전상국	53
다시 소나기	서하진	71
농담	김형경	91
지워지지 않는 그 황토물	이혜경	105
잊을 수 없는	노희준	119
귀향	조수경	133
사람의 별	박덕규	147
해설―동심의 순수, 그 아름다운 연장	김종회	161
황순원 연보		184
지은이 소개		188

소나기

황순원

소년은 개울가에서 소녀를 보자 곧 윤초시네 증손녀 딸이라는 걸 알 수 있었다. 소녀는 개울에다 손을 잠그고 물장난을 하고 있는 것이다. 서울서는 이런 개울물을 보지 못하기나 한 듯이.

 벌써 며칠째 소녀는 학교서 돌아오는 길에 물장난이었다. 그런데 어제까지는 개울 기슭에서 하더니 오늘은 징검다리 한가운데 앉아서 하고 있다.

 소년은 개울둑에 앉아버렸다. 소녀가 비키기를 기다리자는 것이다.

 요행 지나가는 사람이 있어 소녀가 길을 비켜주었다.

다음 날은 좀 늦게 개울가로 나왔다.

이날은 소녀가 징검다리 한가운데 앉아 세수를 하고 있었다. 분홍 스웨터 소매를 걷어 올린 팔과 목덜미가 마냥 희었다.

한참 세수를 하고 나더니 이번에는 물속을 빤히 들여다본다. 얼굴이라도 비추어보는 것이리라. 갑자기 물을 움켜낸다. 고기 새끼라도 지나가는 듯.

소녀는 소년이 개울둑에 앉아 있는 걸 아는지 모르는지 그냥 날쌔게 물만 움켜낸다. 그러나 번번이 허탕이다. 그대로 재미있는 양, 자꾸 물만 움킨다. 어제처럼 개울을 건너는 사람이 있어야 길을 비킬 모양이다.

그러다가 소녀가 물속에서 무엇을 하나 집어낸다. 하얀 조약돌이었다. 그러고는 홱 일어나 팔짝팔짝 징검다리를 뛰어 건너간다.

다 건너가더니 홱 이리로 돌아서며,

"이 바보."

조약돌이 날아왔다.

소년은 저도 모르게 벌떡 일어섰다.

단발머리를 나풀거리며 소녀가 막 달린다. 갈밭 사잇길로 들어섰다. 뒤에는 청량한 가을 햇살 아래 빛나는 갈꽃뿐.

 이제 저쯤 갈밭머리로 소녀가 나타나리라. 꽤 오랜 시간이 지났다고 생각했다. 그런데도 소녀는 나타나지 않는다. 발돋움을 했다. 그러고도 상당한 시간이 지났다고 생각됐다.

 저쪽 갈밭머리에 갈꽃이 한 옴큼 움직였다. 소녀가 갈꽃을 안고 있었다. 그리고 이제는 천천한 걸음이었다. 유난히 맑은 가을 햇살이 소녀의 갈꽃 머리에서 반짝거렸다. 소녀 아닌 갈꽃이 들길을 걸어가는 것만 같았다.

 소년은 이 갈꽃이 아주 뵈지 않게 되기까지 그대로 서 있었다. 문득 소녀가 던진 조약돌을 내려다보았다. 물기가 걷혀 있었다. 소년은 조약돌을 집어 주머니에 넣었다.

 다음 날부터 좀더 늦게 개울가로 나왔다. 소녀의 그림자가 뵈지 않았다. 다행이었다.

 그러나 이상한 일이었다. 소녀의 그림자가 뵈지 않는 날이 계속될수록 소년의 가슴 한구석에는 어딘가 허전함이 자리 잡는 것이었다. 주머니 속 조약돌을 주무르는 버릇이 생겼다.

그러한 어떤 날, 소년은 전에 소녀가 앉아 물장난을 하던 징검다리 한가운데에 앉아보았다. 물속에 손을 잠갔다. 세수를 하였다. 물속을 들여다보았다. 검게 탄 얼굴이 그대로 비치었다. 싫었다.

 소년은 두 손으로 물속의 얼굴을 움키었다. 몇 번이고 움키었다. 그러다가 깜짝 놀라 일어나고 말았다. 소녀가 이리 건너오고 있지 않느냐.

 숨어서 내 하는 꼴을 엿보고 있었구나. 소년은 달리기 시작했다. 디딤돌을 헛짚었다. 한 발이 물속에 빠졌다. 더 달렸다.

 몸을 가릴 데가 있어줬으면 좋겠다. 이쪽 길에는 갈밭도 없다. 메밀밭이다. 전에 없이 메밀꽃내가 짜릿하니 코를 찌른다고 생각됐다. 미간이 아찔했다. 찝찔한 액체가 입술에 흘러들었다. 코피였다. 소년은 한 손으로 코피를 움쳐내면서 그냥 달렸다. 어디선가, 바보, 바보, 하는 소리가 자꾸만 뒤따라오는 것 같았다.

 토요일이었다.
 개울가에 이르니 며칠째 보이지 않던 소녀가 건너편 가에 앉아 물장난을 하고 있었다.

모르는 체 징검다리를 건너기 시작했다. 얼마 전에 소녀 앞에서 한 번 실수를 했을 뿐, 여태 큰길 가듯이 건너던 징검다리를 오늘은 조심성스럽게 건넌다.

"얘."

못 들은 체했다. 둑 위로 올라섰다.

"얘, 이게 무슨 조개지?"

자기도 모르게 돌아섰다. 소녀의 맑고 검은 눈과 마주쳤다. 얼른 소녀의 손바닥으로 눈을 떨구었다.

"비단조개."

"이름두 참 곱다."

갈림길에 왔다. 여기서 소녀는 아래편으로 한 삼 마장쯤, 소년은 우대로 한 십 리 가까잇길을 가야 한다.

소녀가 걸음을 멈추며,

"너 저 산 너머에 가본 일 있니?"

벌 끝을 가리켰다.

"없다."

"우리 가보지 않을래? 시골 오니까 혼자서 심심해 못 견디겠다."

"저래 봬두 멀다."

"멀믄 얼마나 멀겠게? 서울 있을 땐 아주 먼 데까지

소풍 갔었다."

소녀의 눈이 금세, 바보, 바보, 할 것만 같았다.

논 사잇길로 들어섰다. 벼 가을걷이하는 곁을 지났다.

허수아비가 서 있었다. 소년이 새끼줄을 흔들었다. 참새가 몇 마리 날아간다. 참 오늘은 일찍 집으로 돌아가 텃논의 참새를 봐야 할걸 하는 생각이 든다.

"아, 재밌다!"

소녀가 허수아비 줄을 잡더니 흔들어댄다. 허수아비가 대고 우쭐거리며 춤을 춘다. 소녀의 왼쪽 볼에 살포시 보조개가 패었다.

저만치 허수아비가 또 서 있다. 소녀가 그리로 달려간다. 그 뒤를 소년도 달렸다. 오늘 같은 날은 일찍감치 집으로 돌아가 집안일을 도와야 한다는 생각을 잊어버리기라도 하려는 듯이.

소녀의 곁을 스쳐 그냥 달린다. 메뚜기가 따끔따끔 얼굴에 와 부딪힌다. 쪽빛으로 한껏 갠 가을 하늘이 소년의 눈앞에서 맴을 돈다. 어지럽다. 저놈의 독수리, 저놈의 독수리, 저놈의 독수리가 맴을 돌고 있기 때문이다.

돌아다보니 소녀는 지금 자기가 지나쳐온 허수아비를 흔들고 있다. 좀 전 허수아비보다 더 우쭐거린다.

논이 끝난 곳에 도랑이 하나 있었다. 소녀가 먼저 뛰어 건넜다.

거기서부터 산 밑까지는 밭이었다.

수숫단을 세워놓은 밭머리를 지났다.

"저게 뭐니?"

"원두막."

"여기 차미, 맛있니?"

"그럼. 차미 맛두 좋지만 수박 맛은 더 좋다."

"하나 먹어봤으면."

소년이 참외 그루에 심은 무밭으로 들어가, 무 두 밑을 뽑아 왔다. 아직 밑이 덜 들어 있었다. 잎을 비틀어 팽개친 후 소녀에게 한 밑 건넨다. 그러고는 이렇게 먹어야 한다는 듯이 먼저 대강이를 한입 베물어낸 다음 손톱으로 한 돌이 껍질을 벗겨 우적 깨문다.

소녀도 따라 했다. 그러나 세 입도 못 먹고,

"아, 맵고 지려."

하며 집어 던지고 만다.

"참 맛없어 못 먹겠다."

소년이 더 멀리 팽개쳐버렸다.

산이 가까워졌다.

단풍이 눈에 따가웠다.

"야아!"

소녀가 산을 향해 달려갔다. 이번은 소년이 뒤따라 달리지 않았다. 그러고도 곧 소녀보다 더 많은 꽃을 꺾었다.

"이게 들국화, 이게 싸리꽃, 이게 도라지꽃……"

"도라지꽃이 이렇게 예쁜 줄은 몰랐네. 난 보랏빛이 좋아! ……근데 이 양산같이 생긴 노란 꽃이 뭐지?"

"마타리꽃."

소녀는 마타리꽃을 양산 받듯이 해 보인다. 약간 상기된 얼굴에 살폿한 보조개를 떠올리며.

다시 소년은 꽃 한 옴큼을 꺾어 왔다. 싱싱한 꽃가지만 골라 소녀에게 건넨다.

그러나 소녀는,

"하나두 버리지 말어."

산마루께로 올라갔다.

맞은편 골짜기에 오손도손 초가집이 몇 모여 있었다.

누가 말한 것도 아닌데 바위에 나란히 걸터앉았다. 별로 주위가 조용해진 것 같았다. 따가운 가을 햇살만

이 말라가는 풀 냄새를 퍼뜨리고 있었다.

"저건 또 무슨 꽃이지?"

적잖이 비탈진 곳에 칡덩굴이 엉키어 끝물꽃을 달고 있었다.

"꼭 등꽃 같네. 서울 우리 학교에 큰 등나무가 있었단다. 저 꽃을 보니까 등나무 밑에서 놀던 동무들 생각이 난다."

소녀가 조용히 일어나 비탈진 곳으로 간다. 꽃송이가 달린 줄기를 잡고 끊기 시작한다. 좀처럼 끊어지지 않는다. 안간힘을 쓰다가 그만 미끄러지고 만다. 칡덩굴을 그러쥐었다.

소년이 놀라 달려갔다. 소녀가 손을 내밀었다. 손을 잡아 이끌어 올리며, 소년은 제가 꺾어다 줄 것을 잘못했다고 뉘우친다.

소녀의 오른쪽 무릎에 핏방울이 내맺혔다. 소년은 저도 모르게 생채기에 입술을 가져다 대고 빨기 시작했다. 그러다가 무슨 생각을 했는지 홱 일어나 저쪽으로 달려간다.

좀 만에 숨이 차 돌아온 소년은,

"이걸 바르면 낫는다."

송진을 생채기에다 문질러 바르고는 그 달음으로 칡덩굴 있는 데로 내려가 꽃 달린 줄기를 이빨로 끊어 가지고 올라온다. 그러고는,

"저기 송아지가 있다. 그리 가보자."

누렁송아지였다. 아직 코뚜레도 꿰지 않았다.

소년이 고삐를 바투 잡아 쥐고 등을 긁어주는 척 후딱 올라탔다. 송아지가 껑충거리며 돌아간다.

소녀의 흰 얼굴이, 분홍 스웨터가, 남색 스커트가, 안고 있는 꽃과 함께 범벅이 된다. 모두가 하나의 큰 꽃묶음 같다. 어지럽다. 그러나 내리지 않으리라. 자랑스러웠다. 이것만은 소녀가 흉내 내지 못할 자기 혼자만이 할 수 있는 일인 것이다.

"너희 예서 뭣들 하느냐."

농부 하나가 억새풀 사이로 올라왔다.

송아지 등에서 뛰어내렸다. 어린 송아지를 타서 허리가 상하면 어쩌느냐고 꾸지람을 들을 것만 같다.

그런데 나룻이 긴 농부는 소녀 편을 한번 훑어보고는 그저 송아지 고삐를 풀어내면서,

"어서들 집으루 가거라. 소나기가 올라."

참 먹장구름 한 장이 머리 위에 와 있다. 갑자기 사면

이 소란스러워진 것 같다. 바람이 우수수 소리를 내며 지나간다. 삽시간에 주위가 보랏빛으로 변했다.

산을 내려오는데 떡갈나무 잎에서 빗방울 듣는 소리가 난다. 굵은 빗방울이었다. 목덜미가 선뜻선뜻했다. 그러자 대번에 눈앞을 가로막는 빗줄기.

비안개 속에 원두막이 보였다. 그리로 가 비를 그을 수밖에.

그러나 원두막은 기둥이 기울고 지붕도 갈래갈래 찢어져 있었다. 그런대로 비가 덜 새는 곳을 가려 소녀를 들어서게 했다. 소녀는 입술이 파랗게 질려 있었다. 어깨를 자꾸 떨었다.

무명 겹저고리를 벗어 소녀의 어깨를 싸주었다. 소녀는 비에 젖은 눈을 들어 한번 쳐다보았을 뿐, 소년이 하는 대로 잠자코 있었다. 그러면서 안고 온 꽃묶음 속에서 가지가 꺾이고 꽃이 일그러진 송이를 골라 발밑에 버린다.

소녀가 들어선 곳도 비가 새기 시작했다. 더 거기서 비를 그을 수 없었다.

밖을 내다보던 소년이 무엇을 생각했는지 수수밭 쪽으로 달려간다. 세워놓은 수숫단 속을 비집어보더니 옆의 수숫단을 날라다 덧세운다. 다시 속을 비집어본다. 그러고는 소녀 쪽을 향해 손짓을 한다.

수숫단 속은 비는 안 새었다. 그저 어둡고 좁은 게 안됐다. 앞에 나앉은 소년은 그냥 비를 맞아야만 했다. 그런 소년의 어깨에서 김이 올랐다.

소녀가 속삭이듯이, 이리 들어와 앉으라고 했다. 괜찮다고 했다. 소녀가 다시 들어와 앉으라고 했다. 할 수 없이 뒷걸음질을 쳤다. 그 바람에 소녀가 안고 있는 꽃묶음이 우그러들었다. 그러나 소녀는 상관없다고 생각했다. 비에 젖은 소년의 몸 내음새가 확 코에 끼얹혀졌다. 그러나 고개를 돌리지 않았다. 도리어 소년의 몸 기운으로 해서 떨리던 몸이 적이 누그러지는 느낌이었다.

소란하던 수숫잎 소리가 뚝 그쳤다. 밖이 멀게졌다.

수숫단 속을 벗어나왔다. 멀지 않은 앞쪽에 햇빛이 눈부시게 내리붓고 있었다.

도랑 있는 곳까지 와보니, 엄청나게 물이 불어 있었다. 빛마저 제법 붉은 흙탕물이었다. 뛰어 건널 수가 없었다.

소년이 등을 돌려 댔다. 소녀가 순순히 업혔다. 걷어올린 소년의 잠방이까지 물이 올라왔다. 소녀는, 어머나

소리를 지르며 소년의 목을 그러안았다.

개울가에 다다르기 전에 가을 하늘은 언제 그랬는가 싶게 구름 한 점 없이 쪽빛으로 개어 있었다.

그다음 날은 소녀의 모양이 뵈지 않았다. 다음 날도, 다음 날도. 매일같이 개울가로 달려와 봐도 뵈지 않았다.

학교에서 쉬는 시간에 운동장을 살피기도 했다. 남몰래 5학년 여자 반을 엿보기도 했다. 그러나 뵈지 않았다.

그날도 소년은 주머니 속 흰 조약돌만 만지작거리며 개울가로 나왔다. 그랬더니 이쪽 개울둑에 소녀가 앉아 있는 게 아닌가.

소년은 가슴부터 두근거렸다.

"그동안 앓았다."

알아보게 소녀의 얼굴이 해쓱해져 있었다.

"그날 소나기 맞은 것 때메?"

소녀가 가만히 고개를 끄덕였다.

"인제 다 나았냐?"

"아직두……"

"그럼 누워 있어야지."

"너무 갑갑해서 나왔다. ……그날 참 재밌었어. ……근데 그날 어디서 이런 물이 들었는지 잘 지지 않는다."

소녀가 분홍 스웨터 앞자락을 내려다본다. 거기에 검붉은 진흙물 같은 게 들어 있었다.

소녀가 가만히 보조개를 떠올리며,

"이게 무슨 물 같니?"

소년은 스웨터 앞자락만 바라다보고 있었다.

"내 생각해냈다. 그날 도랑 건널 때 네게 업힌 일 있지? 그때 네 등에서 옮은 물이다."

소년은 얼굴이 확 달아오름을 느꼈다.

갈림길에서 소녀는,

"저 오늘 아침에 우리 집에서 대추를 땄다. 낼 제사 지내려구……"

대추 한 줌을 내어준다.

소년은 주춤한다.

"맛봐라, 우리 증조할아버지가 심었다는데 아수 달다."

소년은 두 손을 오그려 내밀며,

"참 알두 굵다!"

"그리구 저, 우리 이번에 제사 지내구 나서 좀 있다 집을 내주게 됐다."

소년은 소녀네가 이사해 오기 전에 벌써 어른들의 이야기를 들어서 윤초시 손자가 서울서 사업에 실패해가지고 고향에 돌아오지 않을 수 없게 됐다는 걸 알고 있었다. 그것이 이번에는 고향 집마저 남의 손에 넘기게 된 모양이었다.

"왜 그런지 난 이사 가는 게 싫어졌다. 어른들이 하는 일이니 어쩔 수 없지만……"

전에 없이 소녀의 까만 눈에 쓸쓸한 빛이 떠돌았다.

소녀와 헤어져 돌아오는 길에 소년은 혼자 속으로 소녀가 이사를 간다는 말을 수없이 되뇌어보았다. 무어 그리 안타까울 것도 서러울 것도 없었다. 그렇건만 소년은 지금 자기가 씹고 있는 대추 알의 단맛을 모르고 있었다.

이날 밤, 소년은 몰래 덕쇠 할아버지네 호두밭으로 갔다.

낮에 봐두었던 나무로 올라갔다. 그리고 봐두었던 가지를 향해 작대기를 내리쳤다. 호두 송이 떨어지는 소리가 별나게 크게 들렸다. 가슴이 선뜻했다. 그러나 다음 순간, 굵은 호두야 많이 떨어져라, 많이 떨어져라, 저도 모를 힘에 이끌려 마구 작대기를 내리치는 것이었다.

돌아오는 길에는 열이틀 달이 지우는 그늘만 골라 짚었다. 그늘의 고마움을 처음 느꼈다.

불룩한 주머니를 어루만졌다. 호두 송이를 맨손으로 깠다가는 옴이 오르기 쉽다는 말 같은 건 아무렇지도 않았다. 그저 근동에서 제일가는 이 덕쇠 할아버지네 호두를 어서 소녀에게 맛보여야 한다는 생각만이 앞섰다.

그러다, 아차, 하는 생각이 들었다. 소녀더러 병이 좀 낫거들랑 이사 가기 전에 한번 개울가로 나와달라는 말을 못 해둔 것이었다. 바보 같은 것, 바보 같은 것.

이튿날, 소년이 학교에서 돌아오니 아버지가 나들이 옷으로 갈아입고 닭 한 마리를 안고 있었다.

어디 가시느냐고 물었다.

그 말에는 대꾸도 없이 아버지는 안고 있는 닭의 무게를 겨냥해보면서,

"이만하면 될까?"

어머니가 망태기를 내주며,

"벌써 며칠째 걀걀하구 알 날 자리를 보던데요. 크진 않아두 살은 쪘을 거예요."

소년이 이번에는 어머니한테 아버지가 어디 가시느

냐고 물어보았다.

"저, 서당골 윤초시 댁에 가신다. 제상에라도 놓으시라구……"

"그럼 큰 놈으루 하나 가져가지. 저 얼룩 수탉으루……"

이 말에 아버지는 허허 웃고 나서,

"인마, 그래두 이게 실속이 있다."

소년은 공연히 열적어, 책보를 집어 던지고는 외양간으로 가, 소잔등을 한 번 철썩 갈겼다. 쇠파리라도 잡는 척.

개울물은 날로 여물어갔다.

소년은 갈림길에서 아래쪽으로 가보았다. 갈밭머리에서 바라보는 서당골 마을은 쪽빛 하늘 아래 한결 가까워 보였다.

어른들의 말이, 내일 소녀네가 양평읍으로 이사 간다는 것이었다. 거기 가서는 조그마한 가겟방을 보게 되리라는 것이었다.

소년은 저도 모르게 주머니 속 호두 알을 만지작거리며, 한 손으로는 수없이 갈꽃을 휘어 꺾고 있었다.

그날 밤, 소년은 자리에 누워서도 같은 생각뿐이었다. 내일 소녀네가 이사하는 걸 가보나 어쩌나. 가면 소녀를 보게 될까 어떨까.

그러다가 까무룩 잠이 들었는가 하는데,

"허, 참, 세상일두……"

마을 갔던 아버지가 언제 돌아왔는지,

"윤초시 댁두 말이 아니여. 그 많던 전답을 다 팔아버리구, 대대루 살아오던 집마저 남의 손에 넘기더니, 또 악상까지 당하는 걸 보면……"

남폿불 밑에서 바느질감을 안고 있던 어머니가,

"증손이라곤 기집애 그 애 하나뿐이었지요?"

"그렇지. 사내애 둘 있던 건 어려서 잃구……"

"어쩌믄 그렇게 자식 복이 없을까."

"글쎄 말이지. 이번 앤 꽤 여러 날 앓는 걸 약두 변변히 못 써봤다더군. 지금 같에서는 윤초시네두 대가 끊긴 셈이지. ……그런데 참 이번 기집애는 어린것이 여간 잔망스럽지가 않어. 글쎄 죽기 전에 이런 말을 했다지 않어? 자기가 죽거든 자기 입던 옷을 꼭 그대루 입혀서 묻어달라구……"

헤살

구병모

꿈속에서 꽃 냄새가 났다. 알싸한 무 냄새에 마른풀 냄새도, 이어 비 냄새도 났다. 많은 냄새가 한꺼번에 코끝에 몰려들어 섞이더니 곧 눈에 뵈지 않는 고리를 그리며 춤을 추었다. 그예 아무런 냄새도 나지 않는다고 느꼈다.

 비단조개가 손가락에 닿는가 싶더니 어느새 조개의 감촉이 아닌 손바닥이었다. 부드러운데 누구의 손인지 알 수 없었다. 고개를 들어도 흐릿하여 얼굴이 보이지 않았다. 조금 더 가까이 다가가자 한 무더기 갈꽃이 뺨을 할퀴었다. 눈앞이 온통 보랏빛 꽃 사태로 뒤덮였다.

 허위허위 손을 저어 꽃 더미를 헤치자 그 자리엔 아

무것도 없었다.

 며칠을 까닭 없이 앓다 일어난 소년은 옆구리에 책보를 끼고 느지막이 집을 나섰다.
 "다 늦어서 이제 학교 가니, 그만 하루 더 쉬었다 내일 가지 않고."
 어머니 목소리가 어깨를 흔들었다. 못 들은 체 어깨만 으쓱해 보이고 걸었다.
 한쪽 주머니에선 호두 알 몇 개가, 소년이 주무르는 대로 자기들끼리 몸을 부딪치며 바각바각 소리를 냈다.
 조약돌이 한데 들어 있던 탓인지 껍데기에 금이 가고 종내는 깨어졌다. 몇 날을 그렇게 주머니에 쑤셔 넣고 비벼댔으니 껍데기가 얇아지고 말랑말랑해질 만도 했다. 손바닥에 울퉁불퉁한 호두 속살이 만져졌다. 기름기를 흠뻑 머금은 호두 속은 미끈거렸다. 문득 며칠을 품고 헤맨 꿈속에서 끝내 눈앞에 드러나지 않았던 얼굴이 떠올랐다. 알 수 없고 볼 수 없는 무언가에 분풀이라도 하듯 손가락 끝에 힘을 주자 호두 속은 맥없이 부스러졌다. 고소한 냄새가 올라와 콧속을 간질였다.
 주머니 속 부스러기 하나를 꺼내 무심코 입으로 가져

갔다. 근동에서 제일가는 덕쇠 할아버지네 호두에서 아무 맛도 나지 않았다. 이렇게 맛없는 걸, 까딱 주었더라면 좋지 않을 뻔했다. 줄 기회가 영영 없었던 게 차라리 잘됐는지도 몰랐다. 퉤퉤 하고 길섶에다 침에 젖은 부스러기를 뱉어버린다.

 소년은 개울둑 앞에 우뚝 멈춰 섰다. 텅 빈 징검다리에는 물소리만 맑게 흘렀다. 가끔 텃새가 날개로 물을 훑고 지나가는 소리가 찰방, 울렸다. 그때마다 소년은 흠칫 놀라 소리 나는 쪽을 돌아보곤 했다.

 그러다 마치 거기 누가 지키고 앉아 길목에서 훼방이라도 놓는 듯, 소년은 그 자리에 책보를 떨어뜨리곤 털퍼덕 앉아버렸다. 언제까지나 말없이 징검다리를 바라보았고, 빠르게 흐르는 물살이 돌에 부딪고 부서지는 소리만 들었다.

 저녁노을이 익어갈 때쯤 하여 건너편에서 학교를 파한 아이들이 하나둘 징검다리를 밟고 다가왔다. 오면서 한동안은 소년이 자기들 쪽을 노려보는 걸로나 알고 마주 눈을 흘겨주었다가, 스쳐 지나가는 내내 어딘지 모를 곳을 향해 멍하니 앞만 바라보고 있다는 걸 알곤 얼굴을 찡그리며 소곤거렸다.

이튿날은 일찍 일어나 책보를 옆구리에 꼈다. 어머니는 전날 소년이 개울을 건너지 않고 그대로 앉았다가 어둑해져서야 돌아왔다는 사실을 알고 있었다. 어머니는 아무것도 묻지 않고 그저 빨랫줄에 넌 이불을 몽둥이로 치면서 등으로 다녀오렴, 했다.

또다시 개울이다. 학교를 가려면 이 징검다리를 건너야만 한다. 몇몇 아이들이 소년의 어깨를 치고 지나가선 편평한 돌들을 사뿐사뿐 밟으며 앞질러 갔다. 소년은 한 발을 첫번째 돌 위에 얹었다가 곧 뒤로 물러났다. 그러더니 배꼽 깊이에서 한껏 숨을 끌어올렸다. 다시 밟아본다. 하나, 둘, 세번째 돌까지 밟았다가 무언가가 발목을 잡아당기는 무거운 느낌과 함께 주춤거리곤 뒷걸음질했다. 그러다 발뒤꿈치가 돌 아닌 무엇을 밟은 듯싶더니 등이 어딘가에 부딪치고 외마디소리가 났다. 마침 개울을 건너려던 다른 아이가 쏟뜨린 책보 옆에 주저앉아 이마를 문지르고 있었다.

그러나 소년은 손을 내밀어 일으켜주기는커녕 미안하다는 한마디 없이 아이를 내려다보았다. 아이는 몸을 일으키더니 소년의 어깨를 홱 밀치곤 지나갔다. 뒤통수에 눈이…… 가는 길 훼방…… 같은 퉁명스러운 욕지거리를 입으로 우물거리며 총총 사라졌다. 건강하고 활발한 뜀박질이었다.

밀친 대로 자빠져 개울둑에 엉덩이를 붙인 채 소년은 부예지는 아이의 뒷모습을 바라보았다. 몸을 일으켜 다시 한 번 돌에 첫발을 얹어놓을 마음이 나지 않았다. 설령 발을 붙인대도 곧이어 찌르르한 느낌과 함께 휘청거리며 뒤로 물러나 앉기를 되풀이할 것만 같았다.

징검다리는 늘 있던 그대로 그 자리를 지키고 있었다. 전과 달라진 거라곤 한복판에 지키고 앉아 가는 길을 막고 개울물을 움켰다 뿌렸다 하는 사람이 거기 없다는 하나뿐이었다. 어째서 돌이며 개울이 어제와 같이 단단하게 빛나는지, 하늘은 왜 쨍하는 소리와 함께 갈라지지 않으며 폭우는 왜 쏟아지지 않는지 소년은 알 수 없었다. 비는 와야 할 때를 모르고 꼭 오지 말아야 할 때 온다. 못된 비님. 아니 비놈이다.

쇠꼴을 베어다 외양간에 쌓아줄 생각도 않고 도로 방에 등을 붙인 지 몇 날이었다. 전에 없던 한기가 들어 이불을 머리끝까지 뒤집어썼다. 어머니와 아버지가 갈마

들며 억지로 이불자락을 걷어다 웅크린 자식의 이마를 짚어보고 수건을 갈았다. 머리맡에 자리끼를 채워놓고 요강을 비웠다.

"어째 열이 안 떨어지네……"
"한 1주 넘어 쉬었나, 학교를."
"오늘 밤만 지내보고 이걸 읍내 병원까지 실어다 나가보나, 마나."
"그저 둬보고 살피지 무얼 그런 정도를."

수런거리는 목소리가 귓가에서 아득하게 멀었다. 그대로 까무룩 잠에 떨어지는가 싶었다.

물가도 아닌 집 안에서 퐁, 물소리가 들린다. 그 소리가 가깝지 않고 아슴아슴하니, 어머니가 정지에서 그릇을 부시다 대야에 숟가락이라도 떨어뜨렸나 보았다. 그러나 그 포……옹 소리는 바닥이 없는 듯 깊고 천장 없이 높다. 널찍하며 거의 무릎까지 차오르는 개울에 조약돌을 던졌을 때 나는 소리다.

이어 문득 와락 하고 귓전을 때리는 소리가 들렸다.

바보.

옆얼굴에 주먹이라도 맞은 듯 눈을 반짝 뜨고 윗몸을 일으킨다. 빈방에 어스름이 이불처럼 개켜졌을 뿐이다.

머릿속은 어질했지만 잠은 다시 오지 않았다. 대신 조금 전까지 방에 누가 왔다 가기라도 한 듯 메밀꽃이며 갈꽃의 잔향이 맴돈다.

두 팔을 휘적거리며 일어나 앉았다. 목이 말라 머리맡을 더듬다 손끝으로 그릇을 쳐서 엎었다. 고르지 못한 바닥을 따라 물줄기가 길게 뻗어나갔다. 바닥이 이리도 울퉁불퉁했었나, 땅이 언젠가부터 비스듬해지기라도 한 듯 물줄기는 그칠 줄 모르고 방바닥을 가로질렀다. 물이 가 닿은 곳에 걸레인지, 어머니가 솜을 누비려 놔둔 바느질감인지 모를 것들이 두어 장 흐트러져 있었다.

그랬거나 말았거나 흘린 물이나 닦자고 집어 들어보니 여기저기가 터지고 해진 자기 저고리다. 흙물이 들어 더럽기까지 하다.

돌이켜보니 그날 입었던 저고리를, 어머니가 밭일이 쌓여 곧바로 빨아두지 못했다고 그랬다. 햇볕 들자 뒤늦게 암만 두드리고 비벼도 그 자리에 새겨지기나 한 듯 잘 지지 않더라고 중얼거렸던 기억이 난다. 하여 소년의 몸도 몰라보게 자라고 있으니 이참에 좀더 시접을 꺼내 바느질을 새로 하자는 것이다. 지지 않는 자리는 잘라내

다른 일로 다른 데다 쓰고 그 자리에 새 감을 대어 깁자는 것이다. 그러려고 꺼내는 놨는데 소년이 한동안 아프자 근심 때문에 솔기도 뜯지 못한 채로 놔둔 모양이다.

그러고 보면 근간에 옷고름을 여밀 때마다 숨이 차도록 옆구리며 겨드랑이가 꽉 끼었던 기억도 났다.

그러나 엉성하게 이어놓은 수숫단 안에서 누군가의 어깨를 덮어주기엔 모자람이 없었더랬다.

소년은 저도 모르게 가장자리가 촉촉이 젖은 저고리를 품에 넣고 이불 속으로 다시 미끄러져 들어갔다. 머리에서 발끝까지 이불을 덮고 몸을 옹송그리는 동안 아까보다 한결 나아진 듯했다. 아무런 꿈도 꾸지 않았고 귓속을 호비는 소리는 다시 들려오지 않았다.

오늘도 안 나갔다간 한 학년을 고대로 다시 다녀야 할지 모르겠다며 어머니가 등을 떠밀었다. 정 힘들고 자빠지겠거든 선생님께 얼굴이라도 비치고 그만 돌아오라 일렀다. 소년은 어제보단 가벼워진 등줄기를 곧게 펴며 길을 나섰다. 어느새 바람이 사느랗게 부는 날로 계절은 제법 바뀌어 있었고, 저고리 위에는 조끼 한 겹을 덧입었다.

다시 문제의 개울가였다. 새벽부터 내려앉아 달아날 생각이 없어 보이는 물안개 때문에 징검다리 건너편이 잘 뵈지 않았다. 이 다리를 밟고 부연 안개 숲으로 스르르 빨려 들어간 끝에 다른 세상이 나오기라도 할 듯.

그러나 너머로 가야 할 일이었다. 소년은 한 발을 돌 위에 올려놓았다. 다음 그리고 다음. 네댓번째, 예닐곱번째를 가볍게 건너뛰어 기어이 그 자리에 섰다. 그 자리는 물을 움켰다 흩뿌리는 소리로 가득했다. 분홍 스웨터며 유난히 하얀 목덜미 같은 것들이 한데 어우러져 눈을 쏘아댔다.

소년은 부스러지고 눅눅해져 이제 형체를 알아볼 수 없는 호두 알맹이를 개울에 뿌렸다. 물살을 따라 어딘가로 춤을 추는 듯 떠내려갔다. 주머니를 까뒤집어 나오는 대로 뭐든 개울에 떨어뜨렸다. 말라비틀어진 대추 몇 알하며 소녀의 목덜미처럼 흰 조약돌까지.

그런 다음 책보 매듭을 한 손가락으로 끄르곤 흔들었다. 책보에서는 숙제장이나 연필 대신 다만 저고리 한 벌이 스르르 떨어져 내렸다. 물에 펼쳐진 저고리는 만세를 부르는 모양을 하고 그 자리에서 흔들리기만 했다. 호두나 대추처럼 멀리멀리 사라지지 않고 물살을 움키듯 그 자리에서 맴돌았다.

옷이 무거운가 하여 슬쩍 손으로 밀어준다. 몇 발짝만큼 나아가다 징검다리 언저리에 걸려버린다. 한 번 더 손을 뻗어 툭 쳤지만 시원하게 앞으로 나아가지 않고 얼마 안 있으면 옷이 물을 머금어 아래로 잠겨버릴 것 같다. 다급해져서 손으로 물살을 마구 일으키며 쳐낸다. 고작 개울이라 시원시원히 힘 있는 물살이 솟아오르지는 않지만 조금씩 움직인다.

얼룩이 든 저고리는 흠뻑 젖은 채 이윽고 물살을 따라 유유히 떠내려갔다. 소매가 너울거리는 모양이 손을 흔드는 것처럼 보였다. 그 모습이 개울 저편으로 많이 건너갔다고 생각이 들 때쯤 내내 눈앞을 가렸던 물안개가 걷혔다. 얼마나 멀리 떠내려갔을까 싶었는데, 안개가 거둬가기라도 한 듯 저고리는 흔적도 없이 사라졌다.

그리고 소년은 텅 빈 책보 끄트머리를 주머니에 찔러넣곤 남아 있는 징검다리를 한 칸씩 디디기 시작했다. 조심스럽게 밟아 나아가는 동안 발목은 생각만큼 무겁지 않았다. 등 뒤에서는 언제까지나 흐르는 물결의 헤살 젓는 소리가 경쾌히 들려왔지만 이 다리를 다 건널 때쯤 멀어질 일이었다.

축복

손보미

할머니는 내가 열두 살 때 돌아가셨는데 그게 내가 경험한 첫번째 죽음이었다. 봄이 막 시작됐을 무렵이었다. 온 동네에 진달래가 만발이었다. 집 앞마당에 천막을 세웠고, 마을 사람들이 와서 밥을 먹고 갔다. 할머니는 마을에 있던 선산에 묻혔다. 물론 그 당시에는 그게 뭔지 몰랐겠지만, 나도 장묘에 참석했던 기억이 난다. 어른들은 하얀 모시 한복을 입었고 머리에는 삼베를 두르고 있었다. 나는 어머니가 그 전해 추석빔으로 사주었던 원피스를 입고 있었다. 어른들이 소리 내어 울었다. 물론 우리 어머니도. 내 기억에 할머니는 아주 오랫동안 편찮으셨다. 할머니의 방은 항상 어두웠고 고약한 냄새가 났다. 가끔 할머니는 알 수 없는 이유로 소리를 지르거나 밥상을 뒤엎었기 때문에 어머니가 부엌에 서서 울 때가 있었다. 소리 내지 않으려고 애쓰면서. 나는 어머니와 아버지가 할머니 때문에 가끔 다툰다는 걸 알고 있었다. 할머니의 방은 오랫동안 비어 있었다. 나와 방을 같이 쓰던 중학생이었던 언니가 할머니 방으로 옮기라고 했지만, 어쩐지 무서웠다. 나는 언니에게 이렇게 말했다.

"옮기고 싶으면 언니나 가라지!"

할머니가 돌아가신 지 일주일 정도가 지났을 때, 여자애가 전학을 왔다. 서울에서 왔다고 했다. 그 당시 나를 비롯한 또래 애들은 서울에 가본 적이 없었다. 서울이 문제가 아니라, 누군가 가까운 양평읍에만 다녀와도 그게 부러워 죽을 지경이었다. 우리는 하루 종일 그 이야기를 입 벌리고 들었다. 들어도 들어도 질리지 않았다. 서울에 한 번도 가본 적이 없었지만, 나는 그날 그 여자애의 모습을 보고 서울이 어떤 곳인지 거의 정확하게 파악했던 것 같다. 그 당시 나를 비롯한 여자애들은 얼굴은 햇볕에 타서 시꺼멨고 머리카락은 귀밑까지 짧게 자르고 다녔다. 집에서 아무렇게나 잘랐기 때문에 언제나 머리끝이 삐뚤빼뚤이었다. 옷은 당연히 그저 밋밋한 천으로 만들어진 것이었고, 신발은 검정색 고무신 같은 것을 질질 끌고 다니면 그만이었다. 서울에서 왔다는 여자애는 분홍색 스웨터와 남색 스커트를 입고, 무릎까지 올라오는 반양말을 신고 있었다. 얼굴이 아주 하얗고, 어깨를 덮는 머리는 양쪽으로 곱게 땋았다. 나는 여자애의 어머니가 아침마다 여자애의 머리를 땋는 모습을 상상해보았다. 이상한 기분이 들었다. 양평읍에만 다녀와도 하루 종일 그 애의 이야기를 듣고 싶어서 안달을 내던 우리들 중 몇 명이 여자애에게 서울에 대해 물어보기 시작했다. 나는 어쨌든 그 여자애가 우리와 다르다고 생각했던 것 같다. 그건 아주 명확한 것이었다.

어느 날, 집에 가는 길에 나는 여자애가 징검다리 한가운데에 앉아 세수를 하고 있는 걸 보았다. 여자애는 개울물을 한참 동안 바라보고 있었다. 그리고 징검다리가 시작하는 부분에서 남자애가 그 모습을 보고 있는 것도 내 눈에 들어왔다. 내가 아는 남자애였다. 아니, 이런 표현은 좀 정직하지 못한 것 같다. 내가 좋아하는 남자애였다. 집이 근처였기 때문에 가끔 등굣길이나 하굣길에 만나는 일도 있었다. 특별히 이야기를 나눈 것은 아니었지만, 우리는 그런 식으로 길에서 만나면 적당한 간격을 유지한 채 걸어가곤 했다. 물론 그 당시에는 그런 단어를 몰랐겠지만 나는 그게 일종의 데이트라고 생각했었던 것 같다. 그런 날 밤이면 나는 마음이 콩닥거려서 당최 잠을 이룰 수가 없었다. 잠시 후에 여자애가 남자애에게 조약돌을 던지고 갈밭 쪽으로 뛰어 들어가는 게 보였다. 그리고 저 멀리서 여자애가 갈꽃을 안고 걸어가는 게 보였다. 나는 아마 그때 짜증이 났던 것 같다. 왜냐하면 그런 식으로 갈꽃밭을 가로질러 가는 여자애의 모습에는, 깡촌 시골에서 자라나 12년을 살아온 나로서는 절대 따라잡을 수 없는, 아니 그런 생각을 하는 것조차 허락되지 않는다고 느껴지게 만드는 그런 종류의 아름다움이 있었다. 한 번도 본 적이 없는 그런 광경이었다. 남자애가 그 광경을 넋 놓고 바라보는 게 느껴졌다. 역시 한 번도 본 적이 없는 그런 표정을 짓고. 여자애가 사라지자, 남자애는 허리를 굽혀 여자애가 던진 조약돌을 주워서 주머니에 넣었다. 그리고 터덜터덜

걷기 시작했다. 나는 남자애가 내 시야에서 사라진 걸 확인한 후에, 주위를 요리조리 살피다가 갈밭으로 들어갔다. 그리고 여자애가 그랬던 것처럼 갈꽃을 한 옴큼 꺾어 머리에 이고 걸어보았다. 누군가가 금방이라도 어디선가 튀어나와 나를 보고 비웃을 것 같았다. '와아 못생겼다!' 그럴 것 같았다. 나는 그날 집으로 돌아가서 세수를 한 후 거울을 보았다. 언니가 옆에서 말했다. "못난아 뭐 하냐?" '못난이'라는 말은 언니가 일상적으로 나를 부르는 별명이었지만 그날 나는 처음으로 내 자신이 '정말로' 못생겼다는 생각을 했던 것 같다. 그리고 처음으로 어머니 아버지를 원망했다. 왜 우리 부모님은 나를 이런 시골에서 나고 자라게 한 것일까? 내가 다른 부모님 아래에서 태어나 자라났다면 좀더 예쁠 수 있지 않았을까? 어쩌면 그건 예쁘고 예쁘지 않고 그런 문제와는 상관없는 걸지도 모른다고, 나는 어렴풋이 그런 생각을 했던 것 같다. 그건 삶에 대한 문제라고. 그러니까, 여기의 삶과 저기의 삶.

며칠 동안 여자애는 학교에 나오지 않았다. 나는 매일 5학년 남자 반이 끝날 때까지 기다리다가 남자애 뒤를 몰래 쫓았다. 남자애는 한 번도 뒤를 돌아보지 않았다. 정신이 온통 다른 데 쏠려 있는 것 같았다. 개울가에 도착하면 남자애는 하릴없이 거기 서서 개울물을 바라보거나 주머니에 손을 넣고 무언가를 만지작거렸다. 나는 그게 뭔지 몰랐다(그리고 지금도 모른다). 나는 멀리서 남자애의 모습을 지켜보았다. 그리고 며칠이 또 흐른 후에 나는 남자애가 예전에 여자애가 앉아서 장난을 치던 징검다리 한가운데에 앉는 걸 보고 있었다. 그걸 보니까, 기분이 이상해졌다. 남자애가 물속을 들여다보다가 물속에 손을 집어넣고 화가 난 듯 거칠게 젓는 게 보였다. 또 기분이 이상해졌다. 내가 서 있는 개울가 쪽 말고 그 맞은편에 여자애가 서서 남자애가 하는 양을 다 지켜보고 있다는 걸 알게 된 건 조금 시간이 흐른 후의 일이다. 여자애가 남자애에게 다가서자, 남자애가 그만 뒤로 나자빠졌고, 벌떡 일어나더니 당황한 기색이 역력한 표정으로 허둥지둥 메밀밭 쪽으로 뛰어가는 게 보였다. 여자애의 시선이 남자애를 뒤좇았다. 여자애가 남자애에게 가지 말라고 소리쳤지만, 남자애는 듣지 못하는 것 같았다. 나는 뒤를 돌아 걷기 시작했다. 가슴이 철렁 내려앉는 것 같았다. 왜 남자애는 그렇게까지 당황해서 도망을 가야 했을까, 나는 그게 너무 화가 났다. 멍청이도 아니고. 그게 그렇게까지 도망갈 일이야? 나는 정말로 화가 났다. 그런 식의 분노는 태어나서 처음 느껴보는 감정이었다. 만약 여자애가 다가갔을 때 남자애가 그냥 웃음을 지었거나 했다면 그토록 화가 나지는 않았을 것이다. 그날 저녁에 나는 밥도 먹지 않았다. 언니가 불을 끄지 않았기 때문에 나는 이불을 머리끝까지 올리고 그런 생각을 했다. '그 여자애가 죽어버렸으면 좋겠다.' 그리고 그 문장을 다시 한 번 입 밖으로 내서 반복해보았다. 문득, 언니가 물었다. "뭐라고?"

그 후로 나는 남자애를 미행하는 걸 그만두었다. 그 주 토요일에는 소나기가 왔다. 방금 전까지 해가 쨍쨍이었는데 갑자기 후드득 하고 빗방울이 쏟아지기 시작한 것이다. 나는 마루 끝에 앉아서 마당에 고이는 물웅덩이를 멍하니 바라보았다. 봄에, 할머니가 돌아가셨던 날이 생각났다. 나는 그날 조금 울었다. 할머니를 그다지 좋아한 적은 없었다. 뭔가 추억을 나눈 것도 없었다. 그래도 누군가가 죽는다는 건 슬픈 일이었다. 나는 방금 할머니가 안장된 무덤 앞에 진달래꽃을 꺾어서 두었다. 사람들은 할머니의 죽음이 호상이라고 말했다. 나는 호상이 정확히 무슨 의미인지는 몰랐지만, 그래도 대충은 알고 있었다고 생각한다. 나는 소나기가 내리는 걸 바라보았다. 거센 빗방울이 온 세상에 부딪히는 소리를 듣고 있었다. 금방 비는 잦아들고 주위가 밝아졌겠지만, 나는 그 순간을 기억하지 못한다.

며칠 후에 남자애가 우리 반을 기웃거리는 게 보였다. 걔가 왜 그러는지 뻔했다. 여자애는 그 후로 한 번도 학교에 나온 적이 없었다. 나는 남자애가 기웃거리는 교실 문으로 가서 소리 나게 닫아버렸다. 그리고 며칠 후에 나는 여자애가 정말로 죽었다는 소식을 듣게 되었다. 같은 반 친구에게서였다. "걔 죽었대"라는 말을 들었을 때, 나는 순간적으로 며칠 전에 내가 입 밖으로 낸 말이 떠올랐다. "죽어버렸으면 좋겠다." 가장 첫번째 든 생각은, 이제 그 여자애가 없어졌으니까 다시 남자애와 나는 예전처럼 같이 걸을 수 있으리라는 것이었다. 조금 후련한 마음이 들기도 했다. 호상,이라는 단어에 대해 생각했다. 하굣길에, 저 앞에 아주 느리게 걸어가는 남자애가 보였다. 원래라면 나는 빨리 걸어서 남자애 옆으로 갈 생각이었다. 하지만 나는 거기에 멈추었다.

그리고 남자애가 내 시야에서 사라질 때까지 그냥 가만히 남자애의 뒷모습을 바라보기만 했다. 나는 내가 앞으로 그 남자애와 함께 걸을 수 없을 거라고 생각했다. 그날 밤에 나는 할머니가 돌아가신 후 처음으로 할머니 방으로 들어가보았다. 방 안은 깔끔하게 정리가 되어 있었다. 할머니가 돌아가시고 나서 한 계절이 지났는데 여전히 그 방에서는 이상한 냄새가 나는 것 같았다. 나는 그 냄새가 영원히 이 방에 머물 거라고 생각했다. 영원히 사라지지 않을 거라고 생각했다. 하지만 그건 착각이었다. 그날 밤, 거기서 까무룩 잠이 들었다가 가위에 눌려 깨어났을 때 나는 더 이상 그 방에서 아무런 냄새도 나지 않는다는 걸 깨달았다. 그 후로 나는 할머니 방으로 옮겼다. 공부도 열심히 했다. 6학년 때 담임 선생님은 우리 부모님에게 나를 그냥 여기 촌구석에 두기에는 아까운 아이라고 말했다. 그 덕분에 나는 읍내에 있는 중학교로 보내졌다. 거기서도 나는 공부를 열심히 했고, 결국 서울에 있는 고등학교에 들어간 후 서울에 있는 여대로 진학했다.

내가 대학교 2학년이었던 봄에 대학생들이 거리에서

많이 죽었다. 죽은 사람들 중에는 가까운 친구도 포함되어 있었다. 나는 많이 울었다. 하지만 나는 그 순간들, 그러니까 내가 누군가의 죽음 때문에 마음 아파했던 그 시간들이 어느 순간, 마치 소나기가 그치고 해가 비치는 것처럼 부지불식간에 내게서 사라질 거라는 사실을 알고 있었다. 그 죽음들이 사그라져서 아무도 '제대로' 기억하지 못하는 순간이 찾아올 거라는 사실을 알고 있었다. 아무도 '다시' 울지 않을 거라는 걸 알고 있었다. 나 역시. 그리고 그 남자애 역시. 그리고 우리 어머니나 아버지나 고모들 역시. 우리는 모든 걸 그런 식으로 흘려보낼 것이다. 죽은 사람들은 죽은 사람들이고, 산 사람은 산 사람이다. 살아 있는 사람들은 어떤 식으로든 살아갈 것이다. 그건 정말 인간에게 내려진 최고의 축복이리라. 나는 가끔 그날, 소나기가 내리던 날 마당을 내려다보던 어린 나를 떠올린다. 가끔은 그 남자애가 그 시절을 어떻게 기억할지 궁금하다. 그날, 소나기가 온 세상을 후드득 짧게 적시고 사라지던 그날 그 남자애는 어디서 무얼 하고 있었는지, 나를 조금이라도 떠올린 적은 없었는지, 하는 정말이지 말도 안 되는 생각을 해본다. 하지만 가장 많이 떠오르는 그 시절의 그 남자애는, 바로 갈꽃을 이고 가던 여자애를 바라보던 그 표정이다. 나는 그 남자애가 여자애를 바라보며 무슨 생각을 했는지 궁금하다. 그리고 이제 와 사실을 고백하자면, 조금은 알 것도 같다.

가을하다

전상국

쪽빛 하늘, 오늘도 티 없이 쩡쩡 가을하다. 2년 전 그 하늘처럼.

소녀가 갈대숲 한가운데 갈대꽃으로 피어 있다. 현수는 우우 떼 지어 우거진 갈대꽃을 꺾는다.

'저 산 밑에 있는 갈대꽃은 이것보다 꽃 색깔이 더 흰 것 같아.'

현수가 건넨 갈대꽃 다발을 받아 들며 소녀가 말한다. 소녀의 눈길이 산자락 햇살 자오록한 억새밭에 가 있다.

'저건 갈대가 아니라 억새야.'

'같아 보이는데 갈대랑 억새는 어떻게 달라?'

'이 갈대보다 저기 있는 억새꽃이 더 희게 보인다고

말했잖아. 그거야, 갈대꽃은 이렇게 갈색으로 좀 엉성하지만 억새는 꽃이 은색 아니면 흰색이라 이것보다 더 가을해 보이는 거야.'

현수는 중학교에 들어간 뒤 가정방문을 왔던 담임 선생님한테 갈대와 억새가 어떻게 다른지를 들어서 알고 있다.

'갈대와 억새가 다른 게 또 있어. 갈대는 마디가 있고 억새는 그게 없다는 거. 그리고 억새보다는 갈대 키가 이만큼 더 크게 자라.'

현수는 발돋움으로 키를 부쩍 키운 뒤 머리 위로 손까지 높이 쳐들어 보였다.

ㅎㅎ ㅎㅎ ㅎㅎ ㅎㅎ……

소녀의 웃음소리가 가을 하늘에 탱글탱글 굴러 퍼진다.

'나는 오빠보다 키가 작으니까 억새 할래. 오빠는 갈대고.'

현수는 억새밭의 억새꽃으로 눈부시게 피어난 소녀를 어떻게 불러야 할까를 잠깐 생각한다. 2년 전 그때 소녀의 이름을 알아두지 못한 것이 늘 마음에 걸렸다.

그러나 현수의 입속에 낱말 하나가 고인다. 가을하다.

가정방문을 왔던 담임 선생님이 마을 앞산을 바라보며 한 말이다. 아, 가을하구나!

가을. 그 가을날 소나기 맞은 것 때문에 소녀가 많이 아팠다. 그리고 그 가을을 마지막으로 소녀를 더 이상 볼 수 없다. 가을아, 가을하다.

그러나 지금 소녀는 자줏빛 칡꽃을 한 아름 안고 현수 옆에 서 있다. 소녀의 단발머리 목덜미가 멀끔하니 가을하다. 그때처럼 여전히 분홍 스웨터 차림이다. 현수는 소녀의 분홍 스웨터 앞자락의 얼룩진 붉은 무늬를 찾는다. 그러나 현수는 분홍 스웨터가 아닌, 가정방문을 왔던 담임 선생님의 흰색 블라우스를 생각하고 있다. 그때 선생님의 흰색 블라우스 앞가슴에 달린 푸른색 브로치가 매우 가을했다.

'현수 오빠, 오늘도 소나기가 왔음 좋겠다.'

'소나기가 와도 너는 안 올 거잖아.'

현수의 목소리가 불퉁스럽다. 담임 선생님이 가정방문을 왔을 때도 소나기는 오지 않았다.

현수는 개울둑을 내려가 개울 폭이 넓은 물가 자갈밭에서 되도록 얇고 둥근 조약돌을 주워 든다. 항상 주머니에 넣고 다니는 하얀 조약돌 말고도 지금 현수의 책

가방 속에는 스무 개도 넘는 조약돌이 들어 있다. 징검다리를 건널 때 무심코 주워 집에 숨겨놨던 것들이다. 오늘은 그 조약돌 모두를 버릴 생각으로 가방에 넣고 나온 것이다.

'가을아, 이거 봐라.'

현수는 방금 물가 자갈밭에서 주운 조약돌로 수면에 스치듯 힘껏 물수제비를 뜬다. 하나 둘 셋 넷…… 퐁퐁, 퐁, 퐁퐁…… 퐁…… 조약돌은 수면을 여섯 번이나 튕긴 뒤 물속으로 사라진다.

사라진 것은 보이지 않는다. 그러나 보이지 않는다고 없는 것은 아니다. 현수는 서둘러 다시 개울둑으로 올라선다.

'우와!'

소녀의 탄성이다. 소녀가 들꽃 사이로 뛰어다닌다.

'오빠, 나도 이제 이 꽃 이름을 안다. 이게 들국화, 이게 싸리꽃, 이게 도라지꽃……'

현수는 길가 묵밭에 피어 있는 쑥부쟁이를 꺾는다. 그리고 산비탈까지 올라가 쑥부쟁이처럼 짙은 연보랏빛 벌개미취도, 개울가 둑에 샛노랗게 작은 꽃망울을 터뜨리기 시작한 산국도 꺾었다.

'이건 쑥부쟁이, 이건 벌개미취야. 그리고 이건 산국, 사람들은 이것들을 그냥 들국화라고 부른단다.'

현수는 가정방문을 왔던 담임 선생님의 목소리로 말한다. 그러나 현수는 선생님이 들국화의 여왕이라고 말한 구절초란 들꽃 이름을 입에 올리지 않는다. 학교를 오가는 20리 산길에 띄엄띄엄 피어 있는 구절초를 볼 때마다 이상하게 그 꽃을 혼자 보는 것이 힘들었던 것이다. 구절초는 정말 가을하다!

낱말은 그 안에 품고 있는 뜻이 넓고 깊을수록 잘 옮는다.

'우와, 이 냄새, 정말 가을하다.'

소녀는 자신의 가슴에 안긴 쑥부쟁이와 벌개미취 그리고 산국에 코를 대고 냄새를 맡는다.

'오빠, 저기 노란 꽃, 저것도 산국이야?'

현수는 고개를 가로저으며 기다린다. 가을이도 저 노란 꽃의 이름을 알고 있다.

'아, 맞다. 오빠가 저건 마타리라고 했지. 마타리, 이름이 참 예쁘다.'

마타리, 현수는 마타리를 보면 선생님한테 들은 마타하리란 이름의 미녀 스파이 생각이 났다. 젊은 나이에

프랑스군에 잡혀 총살당했다는, 독일과 프랑스를 오간 이중 스파이 마타하리.

현수는 건너편 강둑의 마타리를 보면서 그날 선생님한테 하려다 만 질문을 생각하고 얼굴이 붉어진다.

'마타하리, 그 스파이도 선생님처럼 예뻤어요?'

현수는 머릿속의 가을한 생각을 지우기라도 하듯 큰 소리로 소녀를 부른다.

"가을아, ……아……"

어느 소리든 산울림은 애틋하다.

현수는 누렇게 익어 꼬투리가 툭툭 터지기 시작한 콩밭 한가운데 서 있는 허수아비를 바라본다. 봄날 아버지가 나무 작대기로 밭에 구멍을 뚫으면 자신은 그 속에 두서너 개의 콩을 넣고 흙을 덮었다. 다음 날 와보면 땅속의 콩알이 없다. 산비둘기들이 나뭇가지에 숨어 콩 심은 걸 잘 봐뒀다가 새벽에 내려와 파먹는다고 했다. 콩 싹이 나오고 줄기에 잎이 돋기 시작하면 산에서 고라니가 내려와 농사를 망쳐놓는다. 그래서 사람들은 새나 짐승의 피해를 막는 방법으로 허수아비를 만들어 세우는 것이다.

"선생님, 저 허수아비 아들 이름이 뭐게요?"

그날 현수는 가정방문을 온 담임 선생님한테 이런 우스개 말놀이 질문을 했다. 담임 선생님이 들꽃 이름을 가르쳐주시는 것이 고맙고 재미있어 그런 용기가 생겼던 것이다.

'현수! ……ㅎㅎ ㅎㅎ ㅎㅎ ㅎㅎ.'

담임 선생님의 목소리가 아닌 소녀의 웃음소리를 듣는다. 소녀와 선생님의 모습이 겹쳐 몹시 혼란스럽다. 그 눈치를 챈 것인가, 소녀의 목소리다.

'오빠, 왜 자꾸 선생님 생각만 해?'

'으응, 그건 선생님 생각이 가을이 생각이니까.'

'ㅎㅎ ㅎㅎ. 오빠, 그 말 참 가을하다.'

현수는 햇살 속에 반짝이는 개울물을 내려다보며 담임 선생님이 가정방문을 왔던 날을 생각한다. 짙은 감색 스커트에 흰색 블라우스를 받쳐서 입은 선생님이 마을에 나타나자 갑자기 마을 전체가 환해졌다. 마을 꼬마 아이들이 누런 콧물을 훌쩍이며 선생님 뒤를 졸졸 따라다녔다. 문호리에서 양평읍 중학교에 다니는 아이는 현수 한 사람뿐이라 현수 담임 선생님이 마을에 나타난 것은 마을 사람들 모두에게 큰 사건이었다.

가지울 입구, 참외와 수박을 심었던 덕쇠 할아버지네

밭이 보인다. 현수는 올여름에도 마을 아이들과 참외 서리를 했다. 그러나 덕쇠 할아버지가 몸이 아파 원두막을 지키지 않아 참외 서리는 처음부터 재미가 없었다.

덕쇠 할아버지네는 호두나무도 많이 심어 서울 동대문시장 사람들이 호두 사러 왔다. 현수는 2년 전 소녀에게 주기 위해 호두를 따던 생각을 하며 호두나무밭을 지나간다. 길가 여기저기에 호두 껍데기가 널려 있다. 다람쥐는 나무 열매 중에서 호두를 가장 좋아해 호두가 누렇게 익는 초가을이면 많이 바쁘다. 나무에서 직접 호두를 따 탁탁탁 이빨로 깨 먹는다.

'가을아, 다람쥐와 호두 얘기해줄까?'

'다람쥐와 호두 얘기, 그것두 선생님이 해준 거야?'

'아이니, 우리 할아버지한테 들은 얘기야.'

다람쥐는 겨울 양식을 위해 호두를 산기슭 여기저기에 묻어 저장한다. 호두를 땅에 묻을 때면 다람쥐는 머리를 들어 하늘을 쳐다본다. 저렇게 생긴 구름 아래에다 호두를 묻었다는 것을 기억하기 위해서다. 그러나 하늘의 구름은 수시로 모양이 바뀌거나 사라져버린다.

"그게 뭔 얘긴지 알겠느냐? 짐승은 자기 먹은 만큼 종자를 퍼뜨린다는 그런 뜻이니라."

사람들이 심지 않았는데도 산 여기저기에 밤나무며 호두나무가 자라는 이유를 일깨워주던 할아버지의 목소리가 귀에 쟁쟁하다.

현수는 하늘을 쳐다본다. 아까까지 없던 구름이 하늘에 빠르게 몰려들기 시작한다. 소나기라도 내리려는 것인가, 바람기마저 가을하다.

현수는 밭 가장자리에 떨어져 있는 호두 열매를 발로 툭 걷어찬다. 호두 껍데기가 사람 뇌처럼 생겨 호두를 먹으면 머리가 좋아진다는 어른들의 말을 듣고 열심히 까먹던 생각이 난 것이다.

'가을아, 넌 머리가 좋을 것 같아.'

'오빠가 나 머리 좋은 걸 어떻게 알아?'

'알아. 네 눈을 보면 그게 다 보여.'

현수는 눈을 감는다. 눈을 감으면 보고 싶은 것이 보인다. 감은 눈 속에 소녀의 가을가을한 눈이 보인다.

현수는 메밀밭을 지나가고 있다. 주로 산비탈 거친 밭에 많이 심는 메밀은 여름에 씨를 뿌려 가을에 거두는데 열매가 모가 져 원래 이름이 모밀이었다고 선생님이 말했다. 선생님이 숙제를 냈다. 이효석의 「메밀꽃 필 무렵」이란 소설을 다음 시간까지 읽어오라고.

'오빠, 그 소설 읽어봤어?'

'아니, 아직.'

'그거 슬픈 얘기는 아닐 거야. 꽃이 폈을 때는 슬픈 일이 안 일어날 거니까.'

현수는 숨을 깊이 들이마신다. 아름다운 꽃이 폈을 때도 슬픈 일이 일어난다. 개울가 갈꽃은 물론 산기슭 산국이 유난히 흐드러지게 핀 그날 밤 아버지와 어머니가 나누던 이야기를 들었다.

"……글쎄 죽기 전에 이런 말을 했다지 않어? 자기가 죽거든 자기 입던 옷을 꼭 그대루 입혀서 묻어달라구……"

현수는 메밀밭에 들어가지 않고도 메밀꽃 냄새를 맡는다. 개울물이 불어 소녀를 업고 개울을 건널 때 소녀에게서 나던 냄새처럼 메밀꽃 향기 가을하다.

현수는 호두밭 언저리 무밭에서 무 하나를 뽑을까 하다가 그만둔다.

'아, 맵고 지려.'

무를 뽑지도 않았는데 소녀가 진저리를 친다.

2년 전 수숫단이 있던 밭에 아무것도 없다. 지난해 겨울에 수숫단 속에서 사람 하나가 죽은 뒤 수수 농사를 그만뒀기 때문이다. 마을에 가끔 나타나 집집을 돌며 "여기 영식이 왔나유?" 이렇게 묻고 다니던 실성한 여자가 어느 날 수숫단 속에서 주검으로 발견됐던 것이다. 마을 사람들은 그 여자가 어떤 남자한테 버림을 받아 그렇게 미쳤다고 했다. 자기를 버린 영식이란 그 남자를 잊지 못해 그처럼 마을을 떠돌다 죽었다는 얘기였다.

"그 여자 진짜 바보다. 왜 미쳐, 영식이만 사람인가?"

현수가 혼잣소리로 중얼거린다. 곧바로 소녀의 목소리다.

'치, 오빠 웃긴다. 그럼 다른 사람이 영식이가 될 수 있다는 거야?'

현수가 담임 선생님의 목소리로 대답한다.

'그래, 영원한 건 없단다.'

음머어……

어디선가 소 울음소리가 들린다. 산비탈에 송아지 아닌 어미 소가 가을 풀을 뜯고 있다.

현수는 송아지가 있어도 이제 다시는 송아지 등에 오르지 않겠다고 다짐한다. 2년 전 소녀 앞에서 송아지 등에 올라탔던 생각이 난다. 무서웠다. 위에 탄 사람을 떼어버리려고 몸부림하며 겅중겅중 뛰던 송아지 위에서 얼마나 무서웠는지 모른다.

현수는 어젯밤에도 송아지 등에 올라탄 꿈을 꿨다. 꿈을 꾸면서도 이게 꿈이라는 생각을 했다. 꿈을 깨지 말아야 소녀를 볼 수 있다는 생각을 하면서 쇠등에 올라탔다. 아직 코뚜레도 뚫지 않은 어린 송아지라 사람이 자기 등에 올라탄 것이 무섭다는 듯 날뛰면서 맴을 돌았다. 어느 순간 송아지 등에 올라탄 것이 자기가 아니라 분홍 스웨터를 입은 소녀였다. 그런데 이게 어쩐 일인가. 쇠등에 올라탄 것이 소녀가 아니라 담임 선생님이다. 선생님이 올라탄 송아지가 갑자기 커다란 황소가 됐다. 황소는 선생님이 등에 올라탄 것도 아랑곳없이 쉬엄쉬엄 풀을 뜯어 먹고 있었다. 현수도 황소처럼 풀을 뜯어 먹기 시작했다. 그렇게 해야 소가 된다고 했다. 소가 돼야 선생님을 등에 태울 수 있다. 선생님, 제 등에 타세요. 선생님이 등에 올라타야 소나기로 불어난 개울물을 건너갈 수 있었다. 그러나 선생님은 이쪽을 거들떠보지도 않았다. 열 마리도 넘는 황소들이 선생님 앞에 나타나 등을 들이밀었다. 선생님이 자기를 쳐다보지도 않는 것이 슬펐다. 슬프다고 생각하는 순간 오줌이 마려웠다. 아니 오줌이 아닌 뭔가 다른 것이 몸속에서 솟아오르는 느낌이었다. 가끔 어른들만 보는 영화를 볼 때 몸 어딘가가 근지러운 그런 증세의 오줌 마려움. 다른 황소들처럼 땅바닥에 오줌을 솰솰 누고 싶었다. 그러나 오줌이 나오지 않아 애를 먹다가 잠을 깼다. 잠을 깨자 고추가 탱탱 곤두서 있었다.

드디어 윤초시네가 양평읍으로 이사 가기 전 살던 서당골로 올라가는 길목의 징검다리까지 왔다. 현수는 그날 소녀가 앉았던 그 징검다리 돌 위에 자리를 잡고 가방을 내려놓았다.

현수는 가방 속에서 수제비처럼 둥글고 납작한 조약돌을 꺼내 징검다리 돌 위에 올려놓는다. 하나 둘 셋 넷…… 모두 스물다섯 개의 고만고만한 조약돌이 징검다리 돌 위에 놓였다. 바로 이곳 징검다리를 건널 때 소녀 생각을 하며 물속에서 건져낸 것들이다.

'가을아, 울 엄마가 많이 아파.'

현수는 한참 뜸을 들였다가 다시 중얼거린다.

'울 엄마가 아픈 건 내가 강돌을 너무 많이 집에 주워

왔기 때문이래. 그래서 오늘은……'

현수가 징검다리 돌 위에 놓인 스무 개도 넘는 조약돌 하나하나를 주워 물수제비를 뜬다. 풍풍풍풍풍 붕붕……, 어떤 조약돌은 열두 개의 물수제비를 뜨면서 사라지고 어떤 것은 단 한 번으로 끝이다. 풍, 사라진다.

스무 개도 넘는 조약돌이 개울물에 모습을 감췄다. 가을하다. 이제 아무것도 없다.

콩밭에 허수아비로 서 있던 가을이도, 갈대밭에 갈대꽃으로 하얗게 웃고 있던 5학년 단발머리 소녀도, 하늘 닮은 자줏빛 쑥부쟁이와 벌개미취로 핀 분홍 스웨터도 이제 보이지 않는다. 풍풍풍 ㅎㅎ ㅎㅎ. 물수제비로 웃어대던 조약돌도 이제 더 이상 보이지 않는다.

'오빠, 그런데 왜 조약돌 한 개는 안 버리는 거야?'

가을이다! 현수 주머니 속 하얀 조약돌이 '뚝딱, 가을아!' 그런 주문이라도 왼 것인가. 징검다리 그 자리에 소녀가 앉아 있다.

현수는 주머니 속 그 하얀 조약돌을 손에 쥔 채 꺼내지 않는다. 하얀 조약돌을 집에 들이지 않고 감춰둘, 집 앞 느티나무 고목의 구멍 하나를 봐뒀던 것이다.

'오빠, 그 조약돌도 버려야 해!'

현수의 주머니 속 조약돌은 5학년 단발머리 소녀의 목소리만 기억하고 있다.

 '안 버려. 이건 네가 나한테 던진 거라 절대 안 버린다고!'

 양평중학교 2학년 현수의 목소리가 씩씩하다.

 그날 소나기는 오지 않았다. 그러나 징검다리 사이사이로 빠져 흐르는 물소리가 꽤나 가을하다.

다시 소나기

서하진

보름달이 뜬 밤이었다. 달은 구름 사이를 지나 천천히 산 위로 올라 조용히 부드러운 빛을 뿜었다. 오솔길 초입에서 환은 신을 벗어 들었다. 축축한 땅기운이 발바닥으로 스며들고 차츰 마음이 가라앉았다. 모퉁이를 돌자 작은 둔덕이 나타나고 곧 조그마한 무덤이 눈에 들어왔다. 상석도 빗돌도 없는 무덤이었다. 환은 밤이슬에 젖은 풀 무더기를 가만히 쓸어보고 손에 들고 온 호두를 한 움큼 내려놓았다.

잘 지내지? 환은 속으로 물었다. 거기에도 소나기가 내리니? 또 물었다. 주머니를 뒤진 환의 손에 마른 꽃 한 줄기가 딸려 나왔다. 마타리꽃이었다. 무덤가에 노란 꽃을 내려놓고 환이 소리 내어 말했다.

"이제 곧 이 꽃도 다 질 거야. 추워질 텐데……"

괜찮은 거지…… 거기서는, 웃기만 하는 거지…… 아프지 않은 거지…… 가느다란 바람이 지나고 무덤 위 웃자란 풀들이 떨듯 흔들렸다. 괜찮아, 여긴 춥지 않아, 나는 괜찮아. 소녀가 대답하는 것만 같았다. 풀숲 어느 어름에서 밤새가 호르르, 울며 날아갔다.

"어딜 다녀오는 거냐? 밤이 늦었는데."

안방 쪽에서 모습은 보이지 않은 채 어머니가 물었다. 발소리를 죽이며 마당을 지나던 환은 흠칫 놀라 그 자리에 우뚝 서고 말았다. 며칠 전 코뚜레를 꿴 송아지가 몸살을 앓고 있다는 생각이 퍼뜩 들었다.

"저기, 그러니까, 외양간에, 송아지가, 우는 소리가 계속 들려서요."

방문이 열리고 어슴푸레 어둠 속에 어머니의 얼굴이 떠올랐다.

"아버지 집 비우시는 밤마다 어딜 가는 거야? 어디, 친구들 모임이라도 있는 게야?"

환은 대답하지 못했다. 묻긴 했지만 위아래, 친구 집

이라 할 만한 데가 없다는 걸 어머니가 모를 리 없었다. 무슨 말을 할 듯 환을 바라보던 어머니는 손을 저어 보이며 방문을 닫았다.

"일찍 자지, 또 첫차 놓칠라고."

어머니의 혼잣말이 문틈으로 새어 나왔다.

다음 날 아침, 교문 앞을 천천히 걸어 들어가는 환의 어깨를 툭 치는 손이 있었다. 늦었는데 뛰어, 애, 라고 소녀는 말했다. 돌아보기도 전에 환을 지나쳐 저만치 뛰어가던 소녀는 교실 뒷문 앞에서 기다리다 문을 여는 환의 손을 불쑥 잡았다.

"좀만 있어봐. 지금 들어가면 혼날 거 아냐. 기다리자, 담임 나올 때까지."

잡힌 손을 떨쳐내고 소녀를 보던 환의 시선이 소녀의 시선과 얽혀들었다. 환의 눈이 천천히 커졌다. 하얀 얼굴, 장난스레 웃는 입매, 당돌한 그 표정이 몹시 낯익었다. 환의 숨결이 거칠어지고 낯빛이 붉어졌다. 당황한 환은 소녀를 등지고 문을 왈칵 열었다. 아이들이 일제히 고개를 돌려 환을 바라보았다. 담임의 날카로운 눈이 환을 향해 날아왔다. 또 너냐, 하는 듯 화난 표정이었다. 고개를 숙이고 환은 창가 맨 끝, 자기 자리로 걸어 들어가 앉았다. 웅성거리던 교실이 조용해졌다.

"누가 앉으랬냐."

담임의 목소리가 서늘했다.

"일주일 새 세번째 지각이야. 김환, 복도로 나가."

군말 없이 복도로 나가던 환의 팔을 잡아챈 건 문 뒤에 숨어 있던 소녀였다. 소녀의 눈이 장난기로 반짝거렸다.

"잠깐만 있어봐, 내가 구해줄게."

말릴 틈 없이 교실로 들어선 소녀가 큰 소리로 선생님을 불렀다.

"오, 윤희영, 너는 왜 또 인제 오냐?"

환을 대할 때와는 다른 목소리였다.

"선생님, 그게요, 김환이 저 때문에 늦었거든요. 버스 정류장에서, 사람 많아서 제 가방이 떨어졌거든요. 김환이 그거 주워주려다가, 저랑 같이 버스 놓쳤거든요. 환이 아니었으면 저 크게 다칠 뻔했어요."

생글생글 웃는 얼굴로 소녀가 말했다. 아이들 중 누군가 휘이, 휘파람을 불었다. 조용히들 안 해, 소리를 지른 담임이 둘을 째려보았다.

"둘 다 자리에 가서 앉아라. 김환, 너 한 번만 더 지각하면 한 학기 동안 변소 청소다."

첫 수업이 끝날 때까지 환의 눈길은 소녀의 등에 꽂혀 있었다. 환의 시선을 느낀 듯 문득 소녀의 등이 꼿꼿해졌다.

"그거, 고마워서 그러는 거지?"

쉬는 시간이었다. 환의 책상 앞에 다가온 소녀가 불쑥 물었다. 환은 대답하지 않았다. 수업 시간 내내 쳐다본 걸 들켰다는 사실보다 이렇게 묻는 소녀가 더 당혹스러웠다.

"하긴 학기 내내 변소 청소, 보통 일은 아니잖아. 그래서 말인데, 너 이 은혜를 어떻게 갚을 거니?"

소녀가 얼굴을 바짝 들이밀며 물었다. 소녀에게서는 알 수 없는 향기가 났다. 환은 어지러웠다. 눈에 잔뜩 힘을 주고 환은 소녀를 노려보았다. 저 말투, 저 표정. 대체 이 아이는 누구인가. 어째서 이토록 닮은 얼굴을 하고 있단 말인가. 숨을 고른 환의 입에서 나온 말이 이랬다.

"저리 비켜. 정신 사납게."

소녀의 눈이 휘둥그레졌다. 믿을 수 없다는 표정이었

지만 소녀는 곧 야무지게 쏘아붙였다.

"인간이라면 모름지기, 은혜를 알아야지, 말이야."

네 말대로라면 크게 다칠 뻔한 걸 구해줬다며?라고 환은 말하지 않았다. 어차피 학교를 계속 다닐 수 있을지 알 수 없는 일이었지만 그에 대해서도 말하지 않았다. 환의 아버지는 말했다. 중학 마치면 됐다, 더 배우면 농사짓기 힘들다. 그래도 자식이라고 하난데…… 아버지의 눈치를 보던 어머니가 아니었다면 고등학교 진학은 가능하지 않았을 거였다. 환으로서는 어느 쪽이든 상관없는 일이었다. 아버지처럼 대추 농사를 짓고 송아지를 돌보는 일을 하거나 어머니의 바람처럼 읍내 우체국 직원이 되거나. 진학을 결심한 이유는 단순했다. 세 시간 통학 거리의 학교가 있는 그곳, 양평.

"뭐라고 말 좀 해봐, 얘."

소녀가 말끄러미 환의 눈을 들여다보았다. 도무지 기가 죽지 않는 아이였다. 문득 환은 생각했다. 이제 학교에 계속 다녀야 할 이유가 생겨난 것인가.

"이것 봐. 이빨을 몽땅 드러내고 웃는 것 같지 않니?"

점심시간, 옥수수를 불쑥 내밀며 소녀가 물었다. 배시시 웃는 얼굴이 영락없는 윤초시네 증손녀였다. 대체

저 아이는 어디서 나타났을까. 왜 저 얼굴을 단박에 알아보지 못했을까. 환의 미간에 주름이 짙게 잡혔다.

"옥수수 싫어하니?"

소녀가 또 물었다.

"무서운 거 본 듯이나 얼굴은 빨개지고……"

말끝에 소녀가 까르르 웃었다. 가만히 바라보던 환은 휙 돌아서서 빠르게 걸었다. 얘, 잠깐만, 뭐라 소리치던 소녀의 웃음소리가 환의 뒤를 따라왔다. 곧 낭랑한 수업 종소리가 울렸다.

다음 시간 수업은 국어였다.

"오늘은 시를 한 편씩 써보자."

국어 교사는 백묵을 들고 칠판에 '갈대' 두 글자를 썼다. 시인이라는 별칭을 가진 나이 든 국어 교사가 종종 수업 시간에 하는 일이었다. 에이, 또야. 학생들 틈에서 볼멘소리가 들렸다. 시 쓰는 법 같은 걸 배운 적이 없기 때문만은 아니었다. 시를 짓게 하는 날, 품평을 하는 것까지는 참을 만했지만, 그 뒤에 이어지는 시의 의미와 시인으로서의 자세까지도 참을 수 있었지만, 등단한 경력과 지루한 자기 자랑, 이 시대 시인의 궁핍함에 대한 통탄이 반복되는 수순이 아이들에게는 고통이었다.

"갈대를 뭐 어쩌라고요, 선생님. 여자의 마음은 갈대와 같다, 그런 거요?"

한 아이가 투정 부리듯 물었다. 와르르, 웃음이 터졌다.

"곧 갈대 천지가 될 거 아니냐. 늘 거기 있다 지나치는 사물이라도 다른 시선으로 보는 연습."

교사는 짧게 설명을 마치고 창가에 서서 운동장 쪽을 바라보았다. 체육 교사의 구령에 맞춰 아이들이 운동장을 돌고 있었다. 가을볕이 아이들의 등에 따갑게 내리꽂히고 아이들의 발길마다 푸석푸석 먼지가 일었다. 저 아이들, 그리고 교실을 메운 50여 명의 아이들, 그들 중 누군가는 큰 도시로, 대학으로 가겠지만 대부분은 학교를 떠나면 이 소도시의 작은 기업에 자리를 잡을 것이었다. 더러는 과수원에서, 밭에서, 흙을 묻히며 살 것이고 학교를 떠나면 평생 시라는 것은 잊고 살 것이었다.

"다 썼으면 맨 뒤부터 앞으로 넘겨라."

주섬주섬 수거한 종이를 들추던 교사가 그중 하나를 빼 들었다. 흠흠, 헛기침을 한 교사가 잘 들어봐, 하고는 시를 읽었다.

"별을 쓰느라 머리가 세었소."*

교실이 조용해졌다. 학생들은 가만히 기다렸다. 교사는 은근한 눈으로 학생들을 죽 훑어보았다.

"어떠냐?"

교사가 물었다.

"그게 다예요?"

한 아이가 물었다.

"뭐가 더 필요하냐?"

교사가 또 물었다. 에이, 하는 아이도 있었지만 대개는 조금 멍한 표정이었다. 그중 가장 멍해진 아이, 환이었다. 갈대는, 꼭 머리 하얀 할매 같아. 떠나간 소녀가 했던 말이었다.

"윤희영,"

교사가 소녀의 이름을 불렀다. 소녀가 자리에서 일어났다.

"오늘은 네가 장원이다."

아이들이 일제히 박수를 쳤다. 소녀는 수줍은 듯 웃으며 고개를 까딱했다. 환의 얼굴이 어두워졌다.

---

* 황순원 시 「갈대」 전문.

교문을 지나 언덕 끝에 환은 서 있었다. 재잘거리며 걸어오는 여학생들, 땀 냄새 풍기는 남학생들이 환을 지나쳐 갔다. 그들 하나하나가 저마다 낯설었다. 그 아이들에게도 그럴 것이었다. 한 학기가 지나도록 말을 섞은 아이가 손에 꼽을 정도였으니 당연한 일이었다. 5년, 그 아이가 떠난 이후 환의 세상에 머문 것들은 기억과 흔적이었다. 징검다리를 건널 때면 환은 돌 한가운데 앉아 물장난을 치는 소녀를 보았다. 큰물이 져 사납게 흐르는 개울을 건너던 날, 정강이에 차오르던 물줄기가 이제는 겨우 무릎을 넘볼 만큼 키가 자라났지만 여전히 소녀를 업은 듯 환의 등이 무춤해졌다. 가만가만 발등을 핥는 파도처럼 다가왔다 사라지는 기억과 흔적 들을 그저 버려둔 채 환의 시간이 흘러가는 동안 소녀의 웃음소리, 소녀의 음성이 서서히 희미해져 갔다.

 그럴 때면 환은 홀로 밤을 더듬어 분홍 스웨터를 입은 채 잠들어 있는 소녀를 만나러 갔다. 몇 알의 호두, 몇 알의 대추, 혹은 작은 조약돌을 품고서. 이따금 꽃을 꺾어 간 날은 미처 알려주지 못했던 꽃 이름을 작은 소리로 들려주었다. 이건 방울꽃이야. 방울처럼 생겼잖아. 이 하얀 건 냉이꽃인데, 냉이도 종류가 많아. 갯냉이, 물냉이, 말냉이, 나도냉이, 그냥 냉이도 물론 있지. 맨드라미, 이건 닭 볏 같다고 네가 그랬지. 한 무더기 수국을 놓고 왔던 날, 꿈에 수국 사이에서 웃는 소녀를 만나기도 했다. 꼭 한 번, 그믐밤, 괴괴한 그늘이 졌던 날에는 커다란 소리로 노래를 불러준 적도 있었다. "저 산 너머 물 건너 파란 잎새 꽃잎은 눈물짓는 무울망초." 음악 시간에 배운 노래였다. 소녀가 들었다면 좋아했을까. 에이, 시시해, 조약돌을 던졌을까. 환은 알 수 없었다.

희미해진 기억과 흔적을 선명히 되돌린 소녀가 저만치에서 걸어오고 있었다. 환은 윤희영을 향해 마주 걸어갔다.
"어머나, 나를 기다린 거야?"
소녀가 반색을 했다.
"그거, 무거워 보인다."
환이 소녀의 가방을 가리켰다.
"일단 가방 들어주는 걸로 시작하겠다는 거야?"
소녀가 배시시 웃었다. 양손에 가방을 든 환의 곁에서 소녀는 의기양양한 걸음으로 꺼떡꺼떡 걸었다. 언덕을 지나자 큰길이 나왔다.

"저기 버스 온다. 뛰어."

교복 자락을 펄럭이며 소녀가 달려갔다. 달음박질친 환은 막 버스에 오르려는 소녀를 잡았다. 소녀의 눈이 둥그레졌다.

"다른 차 타. 나랑."

뒤미처 도착한 버스에 환이 먼저, 그다음 소녀가 올랐다. 환의 집으로 가는 버스였다.

한 시간가량 버스가 달리는 동안 어디 가는 거냐 묻던 소녀는 버스에서 내리자 조용해졌다. 환은 앞장서서 터덜터덜 걸었다. 하고 싶은 말이 많았지만 어디서부터, 어찌 시작해야 할지 환은 알 수 없었다.

"너 혹시 내 이름은 아니?"

논두렁을 지나 오솔길의 초입에 들어설 무렵 소녀가 물었다.

"윤희영."

환의 대답이 짧았다.

"오늘 국어 시간에 들어서 안 거지, 그거."

환의 귓불이 붉어졌다.

"나는 전학 온 첫날부터 너 알았는데."

어떻게 알았는지 환은 묻지 않았다. 맨 뒷자리, 수업 중에도 쉬는 시간에도 기척이 없는 자신을 어찌 알았을까.

"그날 너 지각했잖아. 다음 날도. 주제에 잔뜩 폼 잡고 들어오더라."

말끝에 소녀가 까르르 웃었다.

"그런데, 너…… 전학 언제 온 거야?"

"그것도 몰랐단 말야?"

소녀의 웃음이 멎고 눈매가 사나워졌다.

"아니…… 나는 그러니까……"

걸음을 멈추고 환을 노려보던 소녀가 길옆 아카시아 잎사귀들을 훅 뜯어 날렸다.

"너 대체 뭐니?"

소녀가 물었다. 환이 묻고 싶은 말이었다. 너 정말 누구니? 정말 뭐니? 환은 우뚝 서서 소녀를 노려보았다. 화가 난 듯, 슬픈 듯 가늠하기 어려운 표정이었다. 나무 둥치에 앉아 있던 다람쥐 한 마리가 서슬에 놀라 달아났다.

"저기 좀 앉자. 다리 아프다."

소녀가 먼저 둥치에 걸터앉았다. 아이, 땀난다, 하던

소녀가 손수건으로 목덜미를 훔쳤다. 흰 팔뚝, 보랏빛 수건을 든 손을 환은 바라보았다.

"이건 마치 초롱불 같네."

풀섶 사이 꽈리 열매를 가리키며 소녀가 말했다. 환의 가슴이 쿵, 하고 내려앉았다. 이 초롱불엔 불나방이 꼬이지 않네, 떠난 소녀가 했던 말이었다.

"일어나, 가자."

환이 소녀의 팔을 잡아끌었다. 마음이 급해 도무지 숨이 쉬어지지 않았다. 대체 어딜 가는데 그러는 거냐 투덜대면서도 소녀는 환의 뒤를 바짝 따랐다.

상수리나무 군락지를 지나고 침엽수들이 나타났다. 이제 모퉁이를 돌면 소녀의 무덤이 보일 것이었다. 가쁜 숨을 몰아쉬던 소녀가 문득 환의 팔을 잡았다.

"잠깐, 잠깐만 있어봐."

환의 발걸음이 멎었다.

"나 여기 와본 적 있어."

환의 얼굴에 핏기가 가셨다.

"너…… 너……"

환의 목소리가 떨려 나왔다.

"너…… 누구니?"

소녀는 말없이 환을 바라보았다. 숨을 멈추고 환은 그 눈을 마주 바라보았다. 소녀의 눈이 붉어지고 천천히 물기가 차올랐다.

"아버지가 그러셨어. 누군가 무덤에 다녀가는 것 같다고. 그게 너였어…… 김환."

아버지? 그 아이가 윤초시네 유일한 증손녀가 아니었나? 환의 눈에 다시금 의혹이 서렸다.

"가자. 가서 얘기하자."

환을 뒤로한 소녀가 무덤 쪽으로 걸어갔다.

무덤가에는 다람쥐들이 미처 가져가지 못한 마른 호두 알갱이 두 개가 남아 있었다. 소녀가 호두 알을 집어 들었다.

"언제 또 왔었네."

"어젯밤."

환이 먼저, 그다음 소녀가 무덤에 등을 기대고 앉았다.

"밤에? 무섭지 않아?"

환은 고개를 저었다. 소녀를 보러 오는 밤에는 언제나 부드러운 바람이 불었다.

"내가 누구냐 물었지? 나는 윤희영, 희수 사촌이야."

소녀가 말했다. 사촌이라…… 어쩐지 거짓말처럼 들리는 말이었다.

"희수랑 무척 친했어, 뭐든 다 얘기하고, 큰집이 이사 간 뒤에도 편지하고 전화하고, 동갑내기라 쌍둥이처럼 자랐지."

쌍둥이처럼…… 그것 역시 믿어지지 않았다. 환에게서 깊은 한숨이 흘러나왔다.

"큰집에, 희수 가고 나서 적적한 집에 양녀로 왔어. 지난여름에. 우리 집에는 오빠도, 언니도 있거든."

말하다 말고 소녀가 하늘을 가리켰다.

"저것 좀 봐, 새다."

솔개 한 마리가 허공을 돌고 있었다.

"소리개야."

환이 말했다.

"나는 말이야, 어릴 적에는 희수가 부러웠어. 큰집에서 희수는 공주님이었거든. 큰아버지, 지금은 아버지라 부르지만, 큰아버지는 희수를 보기만 해도 웃으시고……"

"네게는…… 안 그러시는 거야?"

환이 소녀를 돌아보았다. 소녀는 배시시 웃었다. 환의

가슴 한가운데 깊은 통증이 일었다.

"내게도 그러셔, 그런데…… 그 웃는 모습을 보면 슬퍼……"

소녀의 음성이 잦아들었다. 서늘한 바람이 불었다. 솔개가 사라진 하늘 저쪽에 짙은 먹구름이 떠 있었다. 비가 오면 좋겠다, 소나기가 내리면 좋겠다, 흠뻑 젖으면 좋겠다, 환은 생각했다.

"희수랑 정말 친했었나 봐?"

소녀가 물었다. 환은 대답하지 않았다.

"갑자기 잃는 것과 갑자기 얻는 것…… 어느 쪽이 더 힘이 들까?"

소녀가 혼잣말처럼 중얼거렸다. 너는 어떠니? 환은 묻고 싶었다. 소녀가 떠난 자리, 기억이 머물렀던 그 자리에서 그것들을 밀어내고 다른 누군가를 들인다면…… 나는 행복해질까…… 힘이 들까…… 여전히 보랏빛 손수건이 들려 있는 소녀의 손을 환은 가만히 내려다보았다. 그때였다. 차가운 것이 툭, 환의 이마에 떨어졌다.

"어머, 비 오나 봐. 어떡해."

소녀가 화들짝 자리에서 일어났다. 후드득 떨어지던

빗방울이 금세 거센 줄기로 변해갔다.
"이거."
 환이 가방을 내밀었다. 가방을 우산 삼아 머리에 이고 환과 소녀는 왔던 길을 거슬러 달리기 시작했다.

농담

김형경

소년은 개울가에 앉아 오래 개울물을 바라보았다. 처음 물이라는 것을 보는 듯 물결 하나, 물결무늬가 어리는 물속 자갈들을 한참 바라보았다. 생각난 듯 고개 들어 하늘을 올려다본 후 천천히 징검다리를 건넜다. 몇 걸음 디디다가 징검다리 중간쯤에 주저앉았다. 또 개울물을 바라보았다. 수면에 비친 얼굴이 물결에 어른거리며 형체를 잃었다. 눈이 아프도록 노려보아도 물결 위 얼굴은 온전한 모습을 보이지 않았다. 소년은 스웨터 소매를 걷어 올리고 손을 뻗어 물을 움켜쥐었다. 손아귀에 물이 잡히지 않았다. 물속에 어른거리는 새끼 고기가 보이지도 않았다. 재미있지도 않았다. 징검다리를 건너는 사람이 나타나기를 기다리는 것도 아니었다. 소년은 물속에서 조약돌 하나를 집어냈다. 천천히 일어나 징검다리를 마저 건넜다. 강가에서 건너편을 향해 조약돌을 던졌다.

'이 바보.'

소년이 입 밖에 내어 말한 것은 아니었다. 소녀의 목소리가 들린 것도 아니었다. 소리는 그냥 그곳에 있었다. 강가 허공에 떠 있는지, 소년의 귓속에 고여 있는지 알 수 없지만 소리는 늘 그곳에 있었다. 한동안 그 소리가 두려워 강가에 가지 못했다. 징검다리를 건너는 등굣길을 두고 자동차가 다니는 신작로 쪽으로 둘러서 등교했다. 소녀가 떠난 후 소년은 모든 곳에서 소녀를 보았다. 한 계절이 지나고 새 학기가 시작되고서야 소년은 개울을 건너는 길로 등교할 수 있었다. 개울가에 서면 소녀의 모습이 떠오르긴 했다. 개울 근처에도 소녀의 목소리가 머물러 있었지만 이제는 견딜 만했다.

갈림길에서 소년은 집이 있는 윗길과 윤초시네가 있던 아랫길을 번갈아 바라보았다. 그러고는 산 쪽을 향해 걸음을 옮겼다. 갓 옮겨 심은 벼들이 자라는 논을 지났다. 허수아비는 치워지고 참새도 보이지 않았다. 얼굴에 와 부딪치던 메뚜기도 없었다. 새끼줄을 흔들어 허수아비를 춤추게 하던 소녀도, 소녀가 한 아름 품에 안았던 들국화, 싸리꽃, 마타리꽃도 없다. 눈앞에서 맴돌며 어지럽게 하던 독수리도 없다. 나날이 낡은 원두막과 메마른 칡덩굴이 눈에 띌 뿐. 텅 빈 수수밭 한가운데로 들어서는데 소년의 눈앞에서 하늘이 핑글 돌았다. 그 자리에 주저앉으면서 눈앞에 세워져 있는 수숫단과 마주쳤다. 소년은 수숫단으로 다가가 속을 헤집어보았다. 그 속으로 몸을 비집어 넣었다. 하늘이 까마득하게 물러나면서 눈앞이 어두워졌다. 까무룩 잠이 드는 것도 같았다.

"조금만 늦게 발견했다면 큰일 날 뻔했어요. 왜 우리 수수밭까지 와서 쓰러져 있었는지."

소년은 잠에서 깨면서 낯선 어른의 목소리를 듣는다. 이마에 와 닿는 두툼한 손바닥 감촉이 낯설다.

"어린것이, 그래도 마음이……"

소년은 어머니의 낮은 목소리를 확인하면서 마음이 놓인다. 그대로 더 깊은 잠으로 들어선다. 오래 자고 일어나면 모든 일들이 꿈으로 변해 있기를 소망하면서.

고등학생이 된 소년은 교복을 입은 모습으로 개울가에 섰다. 몸이 훌쩍 크고 교복이 잘 어울리는 모습을 개울에게 보여주고 싶었다. 아니, 여고생인 여자 친구와 함께 있는 모습을 개울에 비추어보고 싶은 것인지도 모른다. 소년이 고등학생이 되었을 때 동급생 여학생이 소년에게 손바닥만 한 쪽지를 건네주었다. 볕에 달구어진 조약돌이 손바닥에 놓이는 느낌이었다. 그날 남학생은 책상 서랍에 넣어두었던 소녀의 조약돌을 꺼내어 주머니에 넣었다. 다음 날 여학생과 마주쳤을 때 그녀의 손바닥 위에 조약돌을 올려주었다. 여학생의 낯빛이 웃음으로 환하게 밝아지는 것을 보며 소년 시절이 지나가고 있음을 알았다. 남학생은 오는 토요일 오후에 자기네 마을로 놀러 가자고 여학생에게 청했다.

　여학생과 함께 개울에 다다랐을 때 남학생은 개울가에 주저앉았다. 여학생도 자기처럼 옆에 앉아서 함께 강물을 바라봐주기를 바랐다. 물이라는 것을 처음 보는 사람처럼 물결 하나, 물결무늬가 어리는 물속 자갈들을 세심히 바라봐주었으면 싶었다. 그렇다면 그녀와 많은 이야기를 나눌 수 있으리라 기대했다. 여학생은 그러나 남학생 옆에 그대로 서 있었다. 일렁이는 강물이나 그

위로 부서지는 햇살 따위에는 관심이 없는 듯했다. 남학생이 곁에 앉지 않겠느냐고 청하려는데 여학생이 성큼성큼 징검다리 쪽으로 걸음을 옮겼다.

남학생은 이번에는 여학생이 징검다리 중간쯤에서 주저앉았으면 하고 바랐다. 징검다리에 앉아 교복 소매를 걷어 올리고 세수를 했으면 했다. 아직 개울물이 차다면 손이라도 씻었으면, 손을 뻗어 물을 움켜쥐는 시늉이라도 했으면 싶었다. 수면에 비치어 거듭 일그러지는 제 얼굴을 잠시라도 바라보았으면 했다. 하지만 여학생은 단숨에 징검다리를 건너 맞은편 강가에 섰다. 강가에서 여학생이 손을 들어 올릴 때 남학생은 잠시 가슴이 울렁였다. 이쪽을 향해 조약돌을 던지며 '이 바보' 하고 말할 것 같았다. 그러나 여학생은 소년에게 빨리 강을 건너오라는 손짓을 보냈다. 천천히 징검다리를 건너는 남학생의 귓가에 오래 잊고 있던 목소리가 들렸다.

'이 바보.'

목소리는 여전히 강가에 머무르고 있었다. 그 소리를 피하듯 남학생은 여학생에게 멀리 있는 산을 가리켰다.

"저 산 너머에 가보지 않을래?"

여학생은 갈림길에 이르러 윗길과 아랫길을 번갈아

바라보면서 "멀어 보이는데"라고 말했다. 남학생은 마음 한 귀퉁이가 서늘해졌다. 남학생의 낯빛에 실망하는 기색이 드러났는지 여학생이 다시 말했다.

"멀리는 말고, 저기 수수밭까지만 가보자."

남학생은 여학생의 손을 잡고 수수밭을 향해 걸음을 옮겼다. 초록색 벼들이 다투어 키를 키우는 논을 지났다. 아직 허수아비는 세워지지 않았고, 익지 않은 벼를 탐하는 참새도 없었다. 싸리꽃도 마타리꽃도 아직 피지 않았다. 여학생은 남학생과 맞잡았던 손을 놓고 교복에 묻은 가시덤불을 떼어냈다. 막 자라나기 시작한 도꼬마리 열매를 향해 낯을 찡그려 보였다. 남학생은 하늘을 올려다보았다. 어지럽게 맴돌던 독수리도 없었다. 소나기 한줄기 내려줄 것 같지 않게 맑은 하늘이었다.

수수밭에 다다랐을 때 남학생은 밭 가득 자라고 있는 수숫대 사이로 걸어 들어갔다. 수숫대는 거의 남학생만큼 컸다. 추수 끝난 밭에 세워진 빈 수숫단 속에서 느꼈던 포근함이 수수밭 속에서도 느껴졌다. 남학생이 손짓하자 수수밭 가장자리에 서 있던 여학생도 천천히 밭으로 걸어 들어왔다. 남학생은 여학생의 손을 잡고 더 깊은 수수밭 속으로 걸어 들어갔다. 눈앞을 가로막는 수숫대 때문인지, 진한 풀 향 때문인지, 맞잡은 여학생의 손 때문인지 남학생은 현기증이 났다. 그래도 손을 놓지 않았다. 눈앞에서 하늘이 핑글 돌면서 몸이 무너지는 순간에도 여학생의 손을 꼭 쥐고 있었다.

남학생이 먼저 넘어지고 여학생이 뒤따라 남학생 몸 위로 쓰러졌다. 순간 남학생은 몸과 마음이 허공으로 떠오르는 듯했다. 수숫단 속을 헤치고 그 안으로 몸을 비집어 넣었던 그때처럼 세계가 아득히 멀어지는 것 같았다. 하늘마저 까마득하게 물러나면서 눈앞이 어두워졌다. 하지만 기절하거나 잠들지 않았다. 여학생의 손을 꼭 잡고 있어서 그런 모양이라고 생각되었다. 손을 꼭 잡은 채 그녀 얼굴 가까이 얼굴을 가져다 대었다. 입술에 입술을 포갰다. 까마득하게 물러나 있던 하늘에서 별똥별이 쏟아져 내렸다. 마음 밑바닥에서 '이제 괜찮아' 하는 소리가 올라왔다. 서툴게 포갠 입술을 떼었을 때 남학생은 발바닥 근처에서 시작되어 몸을 통과해온 오래된 숨이 비로소 몸 밖으로 뱉어졌다. 살 것 같았다.

그날 이후 여학생은 남학생을 외면했다. 멀리서 남학생을 발견하면 노골적으로 몸을 돌려 피했다. 곁을 스쳐 가야 할 일이 있을 때는 고개를 한껏 외로 꼬고 지나갔다. 남학생은 영문을 알 수 없었다. 비로소 살 것 같았는데, 더 깊고 어두운 하늘이 시작되었다. 생이 농담이거나 수수께끼라고 말하는 이들의 마음에 공감할 것 같았다. 졸업할 때까지 남학생은 여학생에게 이유를 묻지 못했다.

청년은 참외가 가득 담긴 바구니를 들고 먼 산을 향해 난 밭길로 접어들었다. 어머니 심부름으로 수수밭에 가는 길이었다. 새로 수확한 참외를 좀 맛보시라고 수수밭 주인에게 전해드리는 일이었다. 수숫단 사이에서 쓰러져 있던 소년을 업어 집으로 데려다준 이후 어머니는 자주 그니에게 감사를 표했다. 청년도 그 여인을 생명의 은인쯤으로 여기고자 했다.

청년은 대학생이 되어 서울로 진학한 후 첫 여름방학을 맞았다. 몇 달 만에 보는 고향은 서먹했다. 집에 온 지 두 주가 지났지만 청년은 개울가에도 수수밭에도 가보지 않았다. 아버지와 함께 개울 건너 참외밭에 농사일을 하러 갔지만 그것은 개울에 간 것이 아니었다. 개울 쪽으로는 시선도 마음도 주지 않았다. 수수밭 주인에게 가는 중에도 청년은 수수밭에 가지 않으리라 다짐

하고 있다. 도라지꽃에도 마타리꽃에도 마음을 빼앗기지 않는 법도 배웠다.

서울에서 대학 첫 학기를 보내면서 청년은 세상에 그토록 여자가 많다는 사실에 놀랐다. 많은 여자들이 모두 개성 있었다. 얼굴이 흰 서울 여자라는 이유만으로 한 여자가 특별해지지는 않았다. 한잔의 차나, 한 번의 웃음에 의미를 두지 않는 것도 배웠다. 개울가나 수수밭처럼 어떤 공간을 두려워하게 될까 봐, 그런 공간이 많아져 살아갈 곳이 줄어들까 봐 조심했다. 자기에게서 떨어져 나간 마음이 저 혼자 개울가나 수수밭을 떠돌까 봐 두려웠다.

청년은 수수밭 머리에서 걸음을 멈추었다. 진하게 퍼져오는 수숫대 향기 때문은 아니었다. 그녀가 그곳에 있었다. 역광을 받아 머리 위에서 후광이 빛나는 듯 보이는 그녀가 그곳에 서 있었다. 어린 시절 소녀 같기도 하고, 고등학교 때 여학생 같기도 한 그녀가 거기 있었다. 어쩐 일로 여기까지 왔는지 물으려는데 그녀가 환하게 웃으며 다가왔다. 다가와 그의 손을 잡아끌었다. 속절없이 이끌려가는 발걸음이 자꾸만 헛디뎌졌다. 결국 두 다리가 꼬이면서 밭둑에 쓰러졌다. 몸을 일으키며 정신을 차리니 주변에 아무도 없었다.

청년은 이제 어렴풋이 짐작한다. 그것은 사랑의 치명성이 아니라 정서의 취약함이라는 것을. 저물녘이면 노을을 향해 내달리고 싶어지고, 비 내리는 날이면 바바리 차림으로 거리를 떠돌고 싶은 마음이 있다는 것을. 뜨겁게 홀로 소용돌이치다가 어떤 대상을 만나면 슬그머니 그곳에 가서 다리를 뻗어보는 마음이 있다는 것을. 그 마음이 눈을 크게 뜨고 만만한 대상을 찾아 헤맨다는 것을.

청년은 수수밭 근처에 앉아 새참 먹는 아주머니와 그 일행에게 다가가 인사를 드렸다. 참외를 건네며 어머니가 일러준 감사의 말씀도 전했다. 아주머니는 험지에서 살아 돌아온 아들 대하듯 청년을 반겼다. 일행에게 그 시절 이야기를 꺼내며 청년을 소개했다.

"아유, 어린것이 무슨 사정으로 여기까지 와서 쓰러져 있었는지."

청년은 다시 어지럼증을 느꼈다. 가슴으로 뻐근한 통증이 지나갔다. 아주머니는 그때 그 어린것이 열병처럼 한 달이나 앓았었다고 덧붙인다. 오래전 일이고, 정서의 취약함일 뿐이라는 사실까지 알지만 여전히 통증이 생생하다. 믿을 수 없어 멀리 하늘 쪽으로 시선을 돌렸다. 그러다가 일행 중 한 여자와 시선이 마주쳤다. 그녀는 밝게 웃는 낯빛으로 새참을 함께하자고 권했다. 그럴 리가 없다고 생각하는 순간 가슴이 뛰었다. 통증이 그대로 설렘으로 바뀌었다.

 청년은 돌아서려던 마음을 바꾸어 그녀 옆에 자리 잡고 앉았다. 그녀가 청년에게 막걸리 잔을 건네주었다. 그 잔에 술을 따라주면서 수수밭 주인아주머니는 그녀가 자신의 딸이라고 소개한다. 청년은 막걸리를 마시며 속맘으로 헤아려본다. 이 여성과는 몇 번 만나고 헤어지는 게 좋을까. 농담이거나 수수께끼 같은 세상에 또 하나의 농담을 보태는 일에 무슨 의미가 있는지. 독수리 한 마리가 청년의 머리 위에서 맴돌고 있었다. 청년은 언젠가 꼭 이런 일이 있었던 것 같다. 저놈의 독수리, 저놈의 독수리가……

지워지지 않는 그 황토물

이혜경

바위에서 해 뜨는 쪽으로 스물한 발짝. 숫자를 헤아리며 한 발짝씩 걸을 때마다 한 해씩 나이 먹는 듯했다. 스물하나, 지금 그의 나이가 딱 그랬다. 열아홉, 스물, 스물하나! 발이 멈춘 자리엔 누렇게 말라버린 풀과 청미래덩굴뿐. 눈 아래, 명절 앞둔 마을은 조용한 듯 분주하다. 밭 자락엔 수숫단이, 그루터기만 남은 논엔 볏단들이 쌓여 있다. 함지를 이고 들길을 걷는 사람, 공터에 모인 아이들. 아이들은 아마도 제기를 차고 있을 것이다.

산 바로 아래에 있는 집 감나무의 가지가 전에는 초가지붕의 끝자락에 초승달처럼 걸렸다. 그런데 지금은 조금 더 가운데 쪽으로 옮겨진 것 같다. 하긴, 감나무가 가지를 여럿 뻗을 만한 시간이 흘렀다.

　마른풀 위에 앉아 점퍼 안 호주머니에서 담뱃갑을 꺼낸다. 한 개비 집어 손바닥에 톡톡 친 다음 불을 붙인다. 공장에서 형들에게 배운 담배가, 어느새 인이 박였다. 집에 들어선 건 점심 무렵이었다. 점심을 먹고 나자 담배 생각이 났다. 바람 쐬고 오겠다며 집을 나섰다. 어른들 눈길이 닿지 않는 곳을 찾다 보니, 어느새 산길을 오르고 있었다.

　어린애라 봉분도 못 올리고…… 사립문으로 들어선 아버지는 바짓가랑이를 툭툭 털며 말했다. 매캐한 기운이 콧구멍을 간질였다. 에취, 마당 귀퉁이에 쪼그리고 앉아 흙바닥에 그림을 그리던 소년은 재채기를 했다. 어머니가 부엌에서 사발을 들고 나왔다. 아버지는 벌컥벌컥 물을 들이켰다. 손등으로 입가를 훔치는 아버지를 보다가 땅바닥으로 눈길을 돌렸다. 단발머리도, 빛나서 더 커 보이던 눈동자도 그대로인데 뭔가 부족했다. 간이 안 든 국물을 떠 넣은 듯 밍밍했다. 제가 그린 그림을 골똘히 바라보다 문득 깨달았다. 볼이 허전했다. 보조개! 그림을 그리던 돌의 뾰족한 부분을 찾아 치켜들었다. 점을 찍으려다 주춤했다. 어느 쪽이었지? 허수아비를 흔들어댈 때 소녀의 볼에 살포시 패었던 보조개. 거기에 새끼손가락을 찔러보고 싶어서 얼굴이 달아올랐는데, 오른쪽인지 왼쪽인지 헷갈렸다. 오른쪽 볼을 먼저 돌로 꾹 눌렀다. 고개가 절로 갸웃거려졌다. 기껏 찍은 점을 손가락으로 흩뜨렸다. 아무래도 왼쪽이었던 것 같다. 쿡!

"뭐 하냐? 밥 먹어야지."

어머니가 부엌에서 상을 들고 나왔다. 마루에 걸터앉아 담배를 피우던 아버지가 꽁초를 툭, 마당으로 내던졌다. 기껏 공들인 그림을 손바닥으로 쓸어버렸다.

언젠가 담배 피우는 어른이 되어 있을 거란 건 꿈도 못 꾸던 어린 날…… 흐르던 생각이 뚝 끊긴다. 자리에서 일어선다. 그땐 지금보다 키가 작았다. 자연히 걸음폭도 달랐을 것이다. 성큼성큼 바위로 다가간다. 보폭을 줄여서 천천히 걷는다. 하나, 둘, 셋…… 지금까지 살아온 시간들이 발밑에 밟히는 것 같다. 스물한 걸음에서 멈춘 채 내려다본다. 감나무 가지가 아까보다 지붕 가장자리로 조금 비낀 듯하다. 누르스름한 벌판에 까치밥으로 남긴 감의 주홍빛 무늬가 환하다. 두더지 지난 것처럼 발치가 아주 조금 도도록한 것도 같다. 거기라고 믿기로 한다. 산어귀에서 구절초라도 몇 송이 뜯어올 것을. 연보랏빛이 눈앞에 어른거린다. 도라지꽃은 보랏빛, 언니가 좋아하던 꽃. 나리꽃은 빨간빛, 내가 좋아하던 꽃. 노랫가락이 바람결처럼 머릿속을 스친다. 도라지꽃은 보랏빛, 그 애가 좋아하던 꽃. 오래전에 불렀던 동요를 고쳐 흥얼거리다 만다. 거긴 편안하지? 여긴……, 말을 떠올리다 고개를 저으며 깊은 숨을 쉰다.

동네에서 중학교에 간 사람은 세 명이었다. 아침 햇발이 아주 낮은 각도로 들판에 퍼질 무렵이면 마을 어귀에서 만나서 산을 넘었다. 산길은 학교로 가는 지름길이었다. 바위 근처에 오면 소년은 짐짓 뭉그적거렸다. 누 농부에게 뒤처져서 살짝 손으로 바위를 끌고 시나는 버릇이 들었다. 그날도 바위를 향해 손을 뻗치는데, 앞서가던 동무가 돌아보며 말했다.

"니들 아냐? 몇 해 전 동네 떠난 윤초시네, 그 서울 애……, 그 애가 묻힌 곳이 바로 이 근처라더라. 어쩐지, 혼자 여기를 지날 때면 으스스했어. 이상해서 엄마한테 말했더니 그래서 그럴 거라고……"

"정말? 너도 그랬냐? 난 나만 그런 줄 알았는데!"

혼자 겁먹은 게 아니어서 기쁘다는 듯 다른 애가 맞장구쳤다. 동무들이 이상하게 생각할까 봐 소년도 덩달아 말했다. 나도! 소녀가 묻힌 곳에 들리지 않게 작은 목소리로. 그러느라 바위를 그냥 지나치며 호주머니 속에 든 조약돌만 만지작거렸다.

그날, 청소 당번이라는 핑계로 동무들을 먼저 보냈다. 다른 때보다 걸음이 느려졌다. 청미래덩굴에 발목이 걸렸다. 다음엔 걷어내야겠다고 생각했다. 아깐 미안했어. 제 마음을 꺼내듯, 호주머니에서 조약돌을 꺼냈다. 봐, 이 조약돌! 나 여태 갖고 있잖아. 개울물에 닳아 동글납작하던 조약돌은 소년의 손에 길들어 반들거렸다. 이 바보! 낭랑한 목소리가 들리는 듯했다. 아주 짧은 기간 마을에 머물렀을 뿐인데, 내려다보는 마을 곳곳에 소녀가 있었다. 마을의 유일한 기와집이었던 윤초시네 집은 기왓골마다 돋은 풀이 말라서 빈집이라는 걸 드러냈다. 그 집을 사서 이사 온 사람은 두 해를 못 살고 떠나갔다. 새로 샀다는 사람은 얼씬도 하지 않았다. 업구렁이가 담장 너머로 나가는 걸 보았다는 둥, 지신이 들떴다는 둥, 무성한 말이 빈집을 에워쌌다.

"거, 윤초시 영감 내외도 오래 못 사실 것 같던데……
정든 집 떠나는 뒷모습이 꼭 짚검불과 한가지야."

"터 잡고 살던 곳 떠나시려니 마음이 오죽하겠어요.
가뜩이나 상노인인데. 손자가 그리됐다니 뒤를 안 봐줄
수도 없었을 테고, 참 안됐어요."

"그러게, 그 손자라는 사람도 마음고생 어지간했던
모양이야. 얼굴이 누렇게 뜬 게, 보기 딱하더라고. 도시
로 나가 제법 살다가 그리되었으니 더 힘들겠지. 게다
가 고명딸까지 창졸간에 보냈으니. 상 치르랴, 이사하
랴, 혼이 다 나간 사람 같더라니까."

"윤초시 손주며느리, 산에서 내려오는데 다리 힘이
다 풀렸는지 비칠거리던걸요. 눈두덩이 두꺼비처럼 소
복해져서…… 하기야 하나뿐인 딸을 묻고 떠나려니 오
죽했겠어요. 복은 쌍으로 안 오고 화는 홀로 안 온다더
니 어쩌면 그렇게……"

마당가에서 두런두런 나누는 부모의 이야기가 사립
을 넘었다. 소년은 집으로 들어서는 대신 슬그머니 발
길을 돌렸다. 마을 한복판, 기와집 앞마당 대추나무의

잎은 무심하게 반짝였다. 절반쯤 붉어진 대추 몇 알이 나무 아래 떨어져 있었다. 대추를 집어 호주머니에 넣었다. 호두 알이 든 호주머니는 대추 알 덕분에 더 불룩해졌다.

소녀가 묻힌 곳은 금방 알아볼 수 있었다. 봉분이랄 수도 없는 흙무더기가 드러나 있었다. 윤초시 손주며느리가 놓고 갔을까. 구절초 다발이 그 앞에 놓여 있었다. 연보랏빛 꽃잎은 초가을 볕에 끝동이 조금씩 말렸다. 그 옆에 호두 세 알을 나란히 놓고, 대추도 꺼냈다. 절을 해야 하나, 잠깐 망설였다. 명절에 성묘할 때면 산소 앞에 제수를 진설하고 나란히 서서 절했다. 돌아가신 조상에게나 절하는 거지, 어린 나이에 죽은 사람에겐 해선 안 될 것 같았다. 그냥 가만히 서서 호두와 대추만 내려다보았다. 오랫동안 땅속에 있다가 파헤쳐진 흙에선 마르다 만 흙냄새가 은은히 풍겼다. 누군가 억센 손으로 심장을 움켜쥐는 것만 같았다. 제 등판에서 소녀의 스웨터로 황토물이 옮아갈 때, 어쩐지 자기 마음도 한 조각 묻어간 듯했다.

구름 몇 점이 동동 뜬 하늘 가장자리에 불그스름한 기운이 번지고 있었다. 들판 곳곳의 굴뚝에서 연기가 모락모락 피어올랐다. 저녁밥 지을 시간이었다. 그새 시간이 이렇게 지난 줄 알지 못했다. 어머니가 사립문 밖을 자주 내다보셨을 것만 같았다. 이젠 안 아프지? 잘 있어. 속으로 말하고 그 자리를 떠났다. 바위까지는 꼭 스물한 걸음이었다. 산을 내려오는데 땅거미가 스름스름 따라왔다. 어귀에서 올려다본 산엔 그새 그늘이 짙게 어렸다. 밤이면 산짐승 울음소리가 검은 들판에 길게 번졌다. 밤에 방에서 들어도 섬뜩했다. 무섭겠구나, 혼자 산속에서 들으면 얼마나 더 무서울까…… 고개를 저었다. 아니야, 벌써 하늘나라에 가 있을 거야. 잘못한 거 없는 어린이인 데다, 착하기까지 하니 벌써 하늘나라로 올라갔을 거야. 파르스름한 하늘가에 저녁 별 한 점 반짝였다.

"왜, 속이 안 좋으냐?"

밥술 뜨는 속도가 한결 느려진 소년에게 어머니가 물었다.

중학교를 마친 뒤 소년은 삼촌의 소개로 도시의 공장에 취직했다. 사람도 집도 자동차도 많은 곳이었다. 사람들의 걸음마저 빨랐고, 부딪혀도 돌아보지 않은 채 지나쳤다. 얼이 빠졌다. 기계 소리 때문에 목소리도 커졌다. 일을 마치면 파김치가 되어 공장 위의 천장 낮은 다락방에 쓰러지기 일쑤였다. 기계를 껐다는 걸 아는데도 귓전에선 윙윙거리는 기계 소리가 끊임없이 울렸다. 월급봉투를 받은 주말에 같이 일하는 동료들과 어묵이나 호떡을 사 먹는 즐거움이 고된 나날에 반딧불처럼 반짝였다.

외출했던 동료가 팔에 책을 끼고 들어섰다.

"웬 책이냐?"

"응, 옆 가발공장 여자애들 있잖아, 전에 떡볶이 같이 먹은 애들. 오다가 보니 포장마차에서 이걸 보고 있더라. 좀 빌려달라고 했더니…… 깨끗이 보고 꼭 돌려달라더라."

쉬는 날, 점심 먹고 식곤증에 널브러져 있던 동료를 표지의 예쁜 여자애가 일어나게 했다. 얼마나 많이 돌려 보았는지, 표지 끝동이 나달거렸다.

"야, 예쁘다! 그런데 왜 이 동네엔 이런 예쁜 애가 없냐. 다들 메줏덩이 같구만."

"인마, 예쁜 애들은 부모 잘 만나서 학교 다니겠지."

"그렇지 않으면, 다른 데서 일하거나."

그 말을 한 동료는 휙, 짧은 휘파람을 뱉었다.

"왜, 내 눈엔 예쁜 애들만 많던데. 니들 눈엔 안 보이냐?"

화보를 넘기던 동료들이 옥신각신하는 소리에 고개를 빼고 들여다보았다. 흰 블라우스에 감색 점퍼스커트 차림의 여학생이 미소 짓고 있었다. 가슴이 철렁 내려앉았다. 단발머리에 하얀 얼굴, 볼우물이며 분꽃 씨앗처럼 까맣게 영근 눈동자가 영락없는 그 서울 애였다. 살아 있다면 지금 꼭 이럴 것이다. 쌍둥이라 해도 믿을 것 같았다. 그럴 리 없다는 걸 알면서도, 그 사진 아래에 적힌 이름을 유심히 보지 않을 수 없었다. 윤씨는 아니었다.

잡지에서 슬쩍 그 페이지를 찢어낼 때, 그 소리가 확성기를 거친 것처럼 크게 들렸다. 난생처음 한 도둑질이었다. 뜯긴 했지만, 감출 데가 없었다. 하는 수 없이 접었다가 사람이 없는 곳에서나 살짝 펼쳐 볼 수 있었다. 일을 하다가도 작업복 호주머니에 든 종이를 만지작거렸다. 공장은 사람보다 기계가 더 중요한 곳이었다. 동료의 손가락을 자르고도 이내 기계는 아무 일 없었다는 듯 돌아갔다. 기계의 부속품 취급을 받는 동안 오그라들었던 마음은 그 종이를 만지작거리다 보면 아침 볕

받는 나팔꽃처럼 퍼졌다. 그 얼굴 하얀 서울 애, 제 등에서 묻은 흙물을 그 애가 그토록 소중히 여겼다는 걸 관리자들이 알 리 없었다.

언젠가 연기처럼 달아난 조약돌을 대신하던 종이쪽은 접힌 자국이 닳았다. 옥상의 빨랫줄에서 작업복을 걷는데 우툴두툴한 게 만져졌다. 헤실헤실 풀린 채 뭉친 종이 부스러기가 호주머니 안에 들어 있었다. 호주머니를 뒤집어 털어냈다. 말라버린 종이 부스러기는 시나브로 흩어져 콘크리트 바닥에 떨어졌다.

오랜만에 온 집은 이전보다 더 작게 느껴졌다. 그래도 도시에선 느끼지 못한 아늑함이 있었다. 약 먹은 병아리처럼 자꾸만 눕게 되었다. 집에 도착하자마자 점심을 먹고, 쓰러져 잠들었다 일어났다. 두어 시간 눈을 붙였을 뿐인데, 아주 오랫동안 잠들었다 깨어난 듯했다. 어쩌면 한생을 건넌 듯했다. 우리도 도시로 가기로 했다. 늬 아버지가 집 내놓으셨다. 상을 내가면서 어머니가 흘린 말. 마지막일지도 모르는 풍경을 눈에 담으며 산을 내려온다. 산어귀, 연보랏빛 구절초가 쓸쓸하게 흔들린다.

잊을 수 없는

노희준

"돌을 왜 던져?"

"그게 무슨 말이니?"

"아니, 할아버지가 그랬잖아. 여자애가 이 바보, 하면서 돌 던졌다며?"

"무슨 소린지 모르겠네. 누가 너한테 돌을 던졌니?"

여자아이가 뾰로통한 표정을 지었다. 요즘 들어 자주 짓는 표정이었다. 그는 어린 여자아이와 함께 놀이공원의 벤치에 앉아 있었다. 고개를 들어 하늘을 보니 하늘이 수족관처럼 보였다. 조금씩 일렁이는 파란 물속을 하얀 물고기 떼가 아주 느린 속도로 헤엄치고 있었다. 날씨는 맑지도, 흐리지도 않았다. 수족관을 통과한 듯한 몽롱한 햇살이 온 세상을 비추고 있었다.

"정말 기억 안 나?"

"뭘 말이야?"

"조약돌 던졌다는 여자아이."

"아…… 그 아이?"

"예뻤어?"

"그럼 예뻤지."

"나보다?"

"이게 무슨 소리야. 무조건 은혜가 제일 예쁘지."

여자아이가 뾰로통한 표정을 풀더니 그를 보고 활짝 웃었다. 다섯 살밖에 안 됐지만 손녀는 최근 외모와 상관된 말에 부쩍 민감해졌다. 시도 때도 없이 예쁘냐고 물어보는가 하면 입고 나갈 옷을 결정하는 데도 꽤 오랜 시간이 걸렸다. 엄마가 실용적인 성격이라 사준 옷이 몇 벌 없는데도 그랬다. 이미 질렸거나 그날따라 마음에 들지 않는 옷을 입히면 외출하지 않겠다고 고집을 부리곤 했다. 오늘 아침에도 놀이동산에 간다고 했더니 백설공주처럼 파란 옷을 입겠다고 했다가 마음을 바꿔 분홍색 원피스를 골랐다.

"할아버지."

"응?"

"얘기해줘야지."

"뭘?"

"돌을 왜 던지냐고."

"아, 그거?"

그는 잠시 골똘해진 눈으로 앞에 펼쳐진 잔디밭 한가운데를 응시하다가 말했다.

"은혜는 누가 은혜 마음을 몰라줘서 야속할 때 없어?"

"야속한 게 뭐야?"

"그러니까 서운할 때 없어?"

"아빠가 이상한 선물 사올 때? 만날 애기 옷을 사와."

"아니 그건 실망스러운 거고. 누가 은혜 마음을 알아줬으면 좋겠는데 알아주지 않아서 기분이 좀 상할 때 없어?"

"할아버지우리저기보러가자!"

모든 음절을 붙여 발음해서 무슨 말인지 잘 알아들을 수 없었다. 은혜가 한 손으로 그의 팔소매를 잡아끌며 다른 손으로 잔디밭 건너편을 가리키고 있었다. 잔디밭 건너편에는 여러 개의 천막이 있었는데 기념품이나 먹거리 등을 파는 간이 상점인 듯했다. 그중에 어떤 것이 손녀의 관심을 끈 것인지는 알 수 없었다.

모르기는 손녀도 마찬가지인 것 같았다. 잔디밭을 돌아갈 때는 거의 뛰다시피더니 천막촌에 들어서자 우두커니가 돼버렸다. 그도 그럴 것이 천막촌은 아이가 한눈에 파악할 만큼의 규모를 넘어서 있었다. 그로서는 무엇을 팔고 있는지 잘 모르겠는 것들조차 있었다.

손녀는 일단 수십 가지 종류의 젤리를 능숙하게 골라 한 봉지를 샀고, 솜사탕이나 아이스크림 같은 그에게 가장 익숙한 것들은 보지도 않고 지나쳤으며, 길쭉한 풍선을 여러 개 불어 동물 모양도 만들고 곤충 모양도 만드는 가게도 이제 지겹다는 듯 무시한 다음, 이십 대로 보이는 남자애 여자애가 같은 문양의 헤나를 하는 것을 민망할 정도로 뚫어지게 쳐다보던 중에 여자애가 손을 흔들며 안녕? 하고 인사하자 그를 잡아끌고 다른 곳으로 무턱대고 걸어가다가 길쭉한 로봇 팔 두 개가 연신 움직이며 무언가를 조금씩 조금씩 만들어내고 있는 가게 앞에 섰다.

"우리 이거 하자!"

"이게 뭘 하는 거냐? 이게 뭘 하는 겁니까?"

그는 손녀에게 물었다가 다시 점원에게 물었다.

"네 고객님, 3D 프린터인데요, 고객님이랑 손녀분 얼굴을 스캔해서 작은 인형으로 만들어드리는 거예요."

점원이 그에게 인형처럼 활짝 웃으며 대답했다. 말간 햇빛이 점원의 얼굴 위에 떨어지는데 너무 투명해서, 그는 마치 어린 시절에 개울가에서 함께 놀았던 소녀의 얼굴을 다시 보는 것 같다고 생각했다.

절대 사라지지 않을 것 같던 상처도 이십대의 가슴앓이와 함께 지나가버렸다. 밤만 되면 가슴이 뜨거워 잠 못 드는 나이가 지나가고 나자 그는 더 이상 소녀에 대해 슬픈 마음이 들지 않았다. 열정이 있어야 상처를 되새길 힘도 있는 거라고, 상처를 앓는 데도 젊음이 필요했던 거라고, 어느 순간 생각하게 되었다. 자식이 두 명 다 아들이어서 그 나이 또래에도 소녀와 동일시하게 되는 순간은 없었다. 무엇보다 자식들은 그와 전혀 다른 청소년기를 보냈다. 무슨 일이 있어도 다르게 보내게 해야 한다고 생각했다. 그렇게 만들기 위해 열심히 일하는 동안, 소녀의 기억은 전생처럼 멀어져만 갔다. 어쩌면 그가 여러 번을 다시 살 듯 한 번의 생을 살아왔기 때문일지도 몰랐다.

"우와 저거 봐. 홍합이 걸어 다녀."

손녀가 그의 손을 잡아끌며 풀장처럼 생긴 곳을 가리키며 말했다. 물이 얕게 차 있는 커다란 우리에는 홍학 떼가 가득 차 있었다. 손녀는 어린이 교실에서 한글을 배우는 중인데 아직 떼지 못해서 글자를 제 맘대로 어림짐작해서 읽곤 했다. 손녀는 영어도 배우고 있었다. 틈만 나면 그에게 영어를 가르쳐주었으나 그는 좀처럼 외울 수가 없었다. 스캔인가 스탠인가 뭔가를 한다고 해서 손녀와 의자에 나란히 앉았던 것 같은데 왜 동물원에 와 있는 것일까.

"언제 여기까지 왔니?"

"할아버지, 할아버지, 쟤 발로 막 돌아."

발로 철봉을 잡고 도는 원숭이를 보고 하는 말이었다.

"인형은 어디로 갔니?"

"할아버지, 할아버지, 나 저거."

손녀는 어느새 새장 안에 있는 부엉이를 가리키고 있었다. 언제부터인가 손녀는 '저거'라는 말을 자주 썼다. '저거'라는 말은 갖고 싶다는 뜻이었다.

"은혜야, 우리 인형을 사지 않았니?"

손녀는 자리에 멈춰 서더니 그를 밑으로 끌어당겼다.

그를 똑바로 바라보며 토라진 표정을 지었다.

"인형은 만드는 데 한 시간 걸린댔잖아요. 기억 안 나요?"

"아, 그랬나?"

"기억 안 나요?"

"기억난다. 기억나."

"그러니까 나 저거."

"은혜야, 여기 있는 것들은 살 수 없는 거란다."

"그러니까 나가서 쟤랑 똑같은 거 사줘."

"그래그래, 부엉이 인형으로 하나 사자."

"인형은 싫어, 살아 있는 걸로 사줘. 부엉이. 부엉이."

그는 손녀가 울음을 터뜨릴까 봐 겁이 나서 알겠다고 했다. 어차피 아빠 엄마한테 안 된다는 소리를 들으면 울게 되겠지만 그건 그때 가서였다. 손녀의 엄마 아빠는 그보다 훨씬 손녀를 잘 다루니까. 그나저나 얘네들은 어디로 간 걸까. 둘이서 어딜 갔길래 이곳에는 손녀와 나밖에 없는 것일까.

그가 자신의 머리에 문제가 생겼음을 알게 된 것은 일흔이 넘어서였다. 기억은 오래된 것부터 사라지는 게 아니었다. 어떤 일이 작년이었는지 재작년이었는지 헛

갈리는 일이 잦더니 10년 전의 일부터 서서히 희미해지기 시작했다. 그렇게 노화는 기억을 좀먹어 그가 살아온 세월을 점점 짧은 것으로 만들어놓았다. 노화가 진행될수록 세월은 납작해져서 어느새 유년기의 기억은 그의 눈앞에 있는 것처럼 생생해져 있었다. 그러자 그는 소녀의 슬픔이 다시 슬펐다. 젊음도 없이 열정도 없이, 소녀를 그리워하느라 밤잠을 이루지 못하는 날이 늘어갔다. 하지만 소녀의 얼굴이 언제나 기억나는 것은 아니었다. 어느 때는 지금 보는 것처럼 솜털 하나까지 선명하다가도 또 어느 때는 어릴 적 살던 고향의 풍경만 떠오를 뿐 소녀는 모호한 이미지로만 머릿속에 떠돌곤 했다.

사라진 기억은 어디로 가는 것일까. 정말 기억은 모두 뇌 속에 있어서 뇌가 망가지면 모두 사라지는 것일까. 그렇다면 기억이 났다 안 났다 할 수는 없는 게 아닐까.

그는 언제부터인가 기억은 사람의 머릿속에 있는 게 아니라는 생각을 하기 시작했다. 예전부터 이 작은 뇌가 그 수많은 기억들을 저장할 수 있는 게 이상하다고 생각했다. 사람의 기억은 사람에게 있는 게 아니었다. 저 하늘 어딘가에 하느님이 보관하고 계신 거였다. 뇌는 단지 그 기억을 필요할 때마다 수신받을 뿐이었다. 그는 기억이 고장 난 게 아니라 수신기가 고장 났을 뿐이었다. 그러니까 죽어서 하늘에 가면 선명한 기억들을 다시 가질 수 있게 될 거였다. 모든 것을 처음 경험했던 시절처럼 투명하고 섬세한 기억들을.

"할아버지, 할아버지."

"응응, 그래."

"머릿속에서 뭐가 자꾸 터져."

손녀는 그렇게 말하며 하늘을 올려다보았다. 주위에 있는 사람들도 그의 손녀를 따라 하듯 하나둘 하늘을 올려다보았다. 햇빛은 그대로인데 한 방울 두 방울 빗방울이 떨어지고 있었다. 잠깐 이러다 말겠지 했는데 생각보다 상황이 심각해졌다. 빗방울이 갑자기 잦아지더니 금세 소나기가 내렸다. 물소와 기린 따위가 살고 있는 넓은 우리 주변이라 비를 피할 곳이 만만치 않았다. 건물을 언제 봤는지, 어디에 있었는지를 기억해보려 했으나 아무것도 떠오르지 않았다. 어떻게든 손녀가 비를 맞지 않게 해야겠다는 생각뿐이었다. 그는 부랴부랴 남방을 벗어 손녀를 감쌌다. 러닝셔츠 차림으로 손녀를 번쩍 안아들고 사람들이 많이 가는 곳으로 무작정 따라

뛰기 시작했다. 손녀를 안고 뛰다가 그는 발목을 접질렸다. 왼발을 내디딜 때마다 몇 년 전에 수술을 한 고관절 부위에 통증이 일었다. 하지만 그는 아프다고 느끼기는커녕 손녀딸이 비에 젖어 감기에라도 걸리면 어쩌나 하는 생각만 했다.

사람들은 가장 가까운 곳에 있는 아쿠아리움 건물에 모여들었다. 사람들을 헤치고 건물 안에 들어서니 어린 학생이 그와 그의 손녀에게 자리를 양보했다. 그는 손녀의 머리를 남방으로 닦아주며 괜찮냐고 물었다. 손녀는 고개를 끄덕거리며 분홍색 드레스를 두 손으로 탁탁 털었다. 그는 손녀를 들어 올려 다리 위에 앉혔다. 그제야 발목과 골반에서 날카롭게 일어서는 통증을 느끼며 눈을 감았다.

눈을 다시 떴을 때는 앉아 있었다. 손녀가 잔디밭 위에서 혼자 놀고 있고 그는 벤치에 앉아 무언가를 들고 있었다. 초점을 맞추어보니 플라스틱으로 만든 얼굴 인형이었다. 활짝 웃고 있는 여자아이는 분명 손녀인데 그 옆에 있는 노인이 누구인지 알 수 없었다. 처음 보는데도 괜스레 싫어져서 노인의 얼굴을 짓누르기 시작했는데 손녀가 빼액 비명을 질렀다. 어디서 났는지 조약돌

하나를 주워 와서는 그를 향해 집어 던지며 소리쳤다.

"하지 마, 이 바보야."

동시에 손녀의 이름을 부르는 소리가 들렸다.

"은혜야, 아버지!"

저 앞에서 커플 한 쌍이 이쪽을 향해 뛰어오고 있었다. 여자는 다행이라는 표정이었고, 묘하게 일그러진 남자의 얼굴은 놀랍게도 그를 닮아 있었다.

수족관을 통과한 듯한 몽롱한 햇살이 온 세상을 비추고 있었다.

귀향

조수경

남자는 걸음을 멈췄다.

'여기쯤인가.'

제자리에 서서 주위를 찬찬히 둘러봤지만 확신할 수는 없었다. 이미 겨울의 긴 밤이 낮게 깔린 뒤였고, 그보다는 너무 오랜 세월이 흘러간 탓이었다. 흘러간 세월만큼 풍경도 변해 있었다. 어떤 길은 사라졌고 어떤 길은 새로 생겼다. 어떤 집은 허물어졌고 어떤 집은 새로 지어졌다. 꽁꽁 언 개울 위로 징검돌 대신 다리가 놓여 있었다. 고향에서 변하지 않은 거라곤 어깨동무를 하듯 이어진 능선뿐이었다.

'얼마 만인가.'

마지막으로 고향을 찾은 게 언제였는지 헤아려보다가 남자는 곧 그만두었다. 날은 지독하게 추웠고 남자는 몹시 피곤했다. 잠이 든 아내에게 이불을 덮어주고 집을 나설 때만 해도 남자에게는 목적지가 없었다. 바람은 방향을 정해두지 않고 불어왔다. 골목 안에 갇힌 괴물처럼 사납게 몰아쳤다. 찬바람이 닿을 때마다 면도칼에 베인 듯 살갗이 몹시 아렸지만, 남자는 길 잃은 사람처럼 골목을 쏘다녔다. 큰길이 나왔을 때 아무 버스에나 올라탔고, 버스를 타고 시내를 돌다가 고향을 떠올린 것이었다. 아니, 떠올릴 곳은 고향뿐이었다.

 남자는 바닥에 앉았다. 얼음판에 앉은 것과 다를 바 없을 정도로 땅은 꽁꽁 얼어 있었다.

 '아마도.'

 남자는 고개를 끄덕였다. 겨울 밤하늘보다 더 짙은 빛깔로 웅크리고 있는 능선을 바라보며 위치를 가늠했다. 아마 이쯤일 것이다. 아주 오래전에 남자는 이곳에서 매일 누군가를 기다렸다.

 기억은 그것이 저장된 순서대로 사라졌다. 나이가 들면서 남자는 살아온 시간들을 하나, 둘 잃어버렸다. 분명 남자가 지나온 순간들이었고, 십수 년 전만 해도 기억하고 있던 일들이 점점 희미해져 갔다. 남자는 그렇게 매일 어떤 이름과 어떤 장면과 어떤 감각 같은 것들을 놓아버렸다. 남자의 의지와는 전혀 상관없이. 그런데, 어떤 기억은 오랜 시간이 흘러도 언제나 또렷하게 재생되었다. 생생하게 살아 움직이는 기억. 그 역시 남자의 의지와는 조금도 상관없는 것이었다.

남자는 주머니 속에서 주먹을 꽉 쥐었다. 손안에서 단단하고 매끄러운 온기가 느껴졌다. 흰 피부. 왼쪽 볼에 팬 보조개. 진흙물이 든 분홍 스웨터…… 조약돌을 움켜쥐자 누군가 슬라이드 영사기 버튼을 누르는 것처럼 몇 개의 장면이 차례대로 나타났다 사라졌다. 오래전 일이지만 여전히 선명하게 남아 있는 기억. 남자에게 그것은 소녀와 함께했던 짧은 시간이었다.

그 가을.

"……참 이번 기집애는 어린것이 여간 잔망스럽지가 않어. 글쎄 죽기 전에 이런 말을 했다지 않어? 자기가 죽거든 자기 입던 옷을 꼭 그대루 입혀서 묻어달라구……"

아버지와 어머니가 나누는 이야기를 들었던 그 가을

밤. 다음 날 아침이 되었을 때, 소년이었던 남자는 어깨를 움츠리고 윤초시네 집 근처를 어슬렁거렸다. 그러다 인기척을 듣고는 곧장 달아나버렸다. 소녀가 죽은 것이 제 탓인 것만 같아서 덜컥 겁이 났다. 소년이었던 남자는 달리고 또 달렸다. 눈이 시리고 자꾸만 뜨거운 것이 흘러나왔다. 정신없이 달리다 보니 어느덧 개울가였다. 소년이었던 남자는 그제야 소리 내어 울었다. 믿기지 않았다. 전부 거짓말 같았다. 그날 이후로도 개울가에 나오면 소녀를 만날 수 있을 것만 같아서 매일 이곳에 오래도록 서 있었다.

소녀를 다시 만난 건, 경주로 수학여행을 갔을 때였다.
세상 모든 빛깔이 더욱 선명하게 드러난 어느 가을이었고, 이제 제법 키가 자라고 어깨가 벌어진 고등학생이 된 남자는 친구들과 무리 지어 따분한 걸음으로 불국사를 돌아봤다. 다보탑 앞에서 조별 단체 사진을 촬영했다. 순서가 되어 자리를 잡고 섰는데, 사진사 뒤로 교복을 입은 여학생들이 지나갔다. 하얀 얼굴에 한쪽 볼에 보석처럼 박힌 보조개. 무리 속에서 가장 돋보이던 아이. 소녀였다. 귀밑 단발머리를 한 소녀는 친구들과 얼굴을 맞대고 소곤거리더니 곧 까르르 웃음을 터뜨렸다. 주름 잡힌 치마 아래로 하얀 종아리가 수줍게 드러났다.

"거기, 뒷줄 맨 오른쪽! 자꾸 어딜 보는 거야?"

옆에 선 친구가 옆구리를 찌를 때까지 고등학생이 된 남자는 소녀의 뒷모습을 좇고 있었다. 소녀의 웃음소리 외에는 아무것도 들리지 않았다. 겨우 고개를 돌려 카메라를 바라보면서도 신경은 오로지 소녀를 좇고 있었다. 촬영이 끝나고 주위를 둘러봤을 때, 소녀는 사라지고 없었다. 고등학생이 된 남자는 주머니에 손을 넣었다. 오래전, 소녀가 던진 조약돌이 늘 그곳에 들어 있었다. 마음이 허전할 때마다 주머니 속 조약돌을 주무르는 버릇도 여전했다. 어디선가 '이 바보!' 하는 소리가 들려오는 것만 같았다.

그랬다. 살다 보면 가끔 또래들 사이에서 소녀를 만날 수 있었다. 소년이 자라나 고등학생이 되고 성인이 되듯, 기억 속에 머물고 있는 소녀도 속도를 맞춰 함께 자라났다. 남자는 비슷한 나이대의 사람들 속에서 소녀와 닮은 사람을 찾을 수 있었다. 아내가 그런 사람이었다.

남자가 고향을 떠난 건 중학생 때였다.

남자의 아버지는 자식에게 더 좋은 환경을 만들어주겠다는 결심으로 고향을 떠났다. 고향 집과 고향 땅을 조각내가며 도시에서의 삶을 연장했다. 결국, 고향에는 부모가 묻힐 땅조차 남지 않았다. 마지막으로 남겨둔 땅까지 모조리 팔던 날, 남자는 집에 들어가지 못하고 주머니 속 조약돌을 주무르며 오래도록 어두운 골목에 서 있었다. 고향을 잃은 대가로 남자는 도시에 있는 대학을 나와 초등학교에서 선생 노릇을 할 수 있었고, 부모는 그걸로 만족했다.

처음 부임한 학교. 그곳에서 아내를 만났다. 하얀 얼굴에, 웃는 모습이 소녀를 닮은 여자. 소녀가 살아 있었다면 꼭 이런 모습을 하고 있을 거라고 남자는 생각했다. 조촐하게 식을 올렸고, 작지만 둘만의 살림집도 얻었다. 아내는 좁고 어두운 집을 단정하고 따뜻한 공간으로 바꾸어놓았다. 그곳에서 첫째를 낳았고, 몇 년 후에는 좀더 넓은 집으로 이사를 갔다. 둘째를 낳고, 아파트를 분양받았고, 아이들이 자라 성인이 되었고…… 지금 생각해보면 그 모든 일들이 순식간에 일어난 것처럼 느껴졌다. 생의 순간, 순간은 지루할 만큼 길었지만, 그 순간, 순간이 꿰어진 하나의 생은 잔인할 정도로 짧았다. 때때로 남자는 거울 속 자신이 낯설었다. 아직 등이 곧고 어깨가 반듯했지만, 피부는 탄력을 잃고 거칠게 늘어졌으며 군데군데 흰머리가 꽤 눈에 띄었다. 친구들에 비하면 젊은 편에 속했으나 가끔은 버스나 전철에서 자리를 양보받기도 했다. 언제인지 모를 순간에 소년은 노인이 되어 있었던 것이다.

 남자는 길게 숨을 내쉬었다. 숨을 들이쉴 때마다 폐부에 살얼음이 들러붙는 것 같았다. 남자는 고단한 몸을 웅크리고 차가운 흙바닥에 누웠다. 눈을 감으면 금방이라도 잠이 들 것만 같았다. 남자는 깊은 잠에 빠져든 아내를 떠올렸다.

 자신이 늙어가는 것보다 더 받아들이기 힘들었던 것은 바로 아내가 늙어가는 모습이었다.
 고왔던 사람. 평생 모진 말 한마디 못 했던 여자. 아들을 앞세우고도 단정한 모습을 잃지 않았던 강한 어머니. 그랬던 아내가 몇 년 전부터 전혀 다른 사람으로 변해갔을 때, 남자는 도무지 어떻게 해야 할지를 몰랐다.

"나쁜 년. 남편 잡아먹은 못된 년."

몇 년 전 아내의 생일날이었다. 자식들이 예약한 고급 레스토랑 룸에서 온 가족이 둘러앉아 밥을 먹던 중에 아내가 며느리에게 욕을 한 것이었다.

일찍이 남편을 먼저 보내고 혼자가 된 며느리를 아내는 딸보다 더 소중히 여겼다. 직장에 다니는 며느리를 대신해 손자를 키웠고, 정성껏 밑반찬을 만들어서 수시로 가져다주었다. 날이 더워지면 보약을 지어다 주었고, 날이 추워지면 따뜻한 코트를 사 입으라며 봉투를 챙겨주었다. 서운한 내색을 하는 딸아이를 나무라던 사람이었고, 남자 앞에서도 늘 며느리에 대한 안쓰러움을 표현하던 사람이었다. 그랬던 사람이, 평생 정갈한 말만 신중하게 골라서 쓰던 사람이, 차마 입에 담지 못할 말을 내뱉고는 이내 아무 일도 없었다는 듯 식사를 이어갔을 때, 가장 충격을 받은 사람은 다름 아닌 남자였다. 아내의 마음 어디에 그런 무서운 진심이 숨어 있었던 걸까. 그러나 그날의 일은 시작에 불과한 것이었다.

남자는 눈꺼풀이 점점 무거워지는 것을 느꼈다. 주머니에서 술병을 꺼내 뚜껑을 열고 바닥에 누운 채로 그

것을 삼켰다. 목구멍과 배 속이 금세 뜨거워졌다. 남자는 어두운 하늘을 마주 보면서 천천히 술을 넘겼다.

 몇 달 전부터 아내의 증세는 악화되었다. 평생 동안 억눌러온 악한 본성이 한 번에 터져 나온 듯, 아내는 점점 끔찍하게 변해갔다.
 "아버지도 계속 이렇게 살 수는 없잖아요."
 낮에 사위와 함께 찾아온 딸아이가 한 말이었다. 아내를 요양원에 보내자는 것이었다. 딸아이 역시 변해버린 엄마를 받아들이기 힘들어했다. 뭐라 대꾸해야 할지 몰라 남자가 천천히 말을 고르고 있을 때, 딸아이가 비명을 질렀다. 시선을 따라가보니 사위가 난감한 얼굴로 고개를 돌리고 있었고, 그 뒤에 아무것도 걸치지 않은 알몸으로 아내가 서 있었다.
 남자는 두려웠다. 아내가 변한 것이 두려웠고, 언젠가 자신도 아내처럼 변할 것이 두려웠다. 딸아이는 손으로 입을 막은 채 인사도 없이 집을 나갔고, 사위는 고개만 꾸벅 숙이고 허둥지둥 딸아이를 따라갔다.
 "상준 씨!"
 사위를 쫓아가려는 아내를 남자가 거칠게 잡아끌었

다. 남자가 처음으로 아내의 따귀를 때린 것은 두려웠기 때문이었다. 동물처럼 괴성을 지르는 아내의 뺨을 다시 한 번 올려붙인 것도, 가느다란 목을 두 손으로 꽉 움켜쥔 것도, 모두 두렵기 때문이었다. 정신이 들었을 때, 아내는 잠을 자듯 누워 있었다. 남자는 아내를 침대로 옮겨놓았다. 앙상한 알몸 위에 이불을 덮어주고 급히 집을 빠져나왔다.

남자는 점점 내려앉는 눈꺼풀을 애써 밀어 올렸다.

상준. 남자는 그 이름을 꼭 한 번 들은 적이 있었다. 아내의 대학 친구에게서였다. 아내와 상준은 야학교 선생과 학생으로 만났다고 했다. 어쩐지 웃음이 나왔다. 남자가 평생 동안 주머니 속에 조약돌을 간직해온 것처럼 아내 역시 다른 사람의 이름을 가슴속에 숨겨두고 살아온 것인가.

남자는 아내를 처음 만났던 순간을 떠올렸다. 처음 만났던 아내의 모습은 경주에서 만난 여고생으로 바뀌었고, 다시 개울가에 서 있던 소녀로 변했다. 남자는 몹시 고단했다. 꽁꽁 얼어붙은 바닥이 안락하게 느껴질 정도로 피로했다. 눈을 감으면 모든 것이 더욱 선명하게 보일 것만 같아서 남자는 천천히 눈꺼풀을 닫았다. 이제, 그저 잠들기만 하면 되는 것이다.

사람의 별

박덕규

얼마가 지났을까.

엄마가 이마를 짚어보고, 아빠가 볼에 입을 맞추고 간 뒤.

몸이 한결 가벼워진 듯하다. 잠시 일어나 창밖을 내다본다. 눈이 부시다. 마당에 널린 빨래들이 가지런하다. 파란 하늘 아래 논밭들이 싱싱한 기운으로 되살아났다. 무서운 흙탕물로 넘쳐나던 개울물도 이제 평온한 흐름을 되찾았다.

징검다리 건너 소년이 걸어오는 게 보인다. 개울 한가운데 선 소년은 누군가를 찾는 듯 주위를 두리번거린다.

쪼그리고 앉은 소년이 물을 움켜쥐는 모습이 보인다.

나는 손을 흔들어본다.

'어, 어!'

손이 말을 듣지 않는다. 이상한 일이다. 나는 방바닥에 누운 채 몸을 가누지 못하고 있다. 누가 몸을 묶은 게 아니다. 기운이 빠져나간 몸에서 내 의식이 들락날락하고 있다. 머나먼 별에서 희미한 기운이 내뿜어지는 게 보인다. 그 기운이 온 세상을 덮어버렸다.

내 몸 위에 그림자 하나가 일렁거리는 게 느껴진다. 그림자의 실체는 하늘에 있다. 커다란 새 한 마리가 태양을 등 뒤에 두고 허공에서부터 천천히 선회하며 내릴 곳을 찾고 있다. 마을 밖을 어른거리다 집을 덮쳐오는 새의 그림자는 몸집보다 더 거대하다. 내 몸이 그걸 알고 조금씩 떨리기 시작한다. 어디선가 본 새다.

'저 새를 돌려보내야 한다!'

나는 몸부림친다.

'저 새의 날개가 우리 집을 삼켜버리면 안 된다!'

나는 힘차게, 눈꺼풀을 밀어냈다.

그동안 몇 차례 고비는 있었지만 그때마다 잘 넘어

갔다.

처음에 돌멩이를 주워 날릴 때, 손에 맞춤하게 쥐어져 오는 쾌감에 팔매질에 힘이 들어갔다. 하마터면 소년의 뒤통수를 맞힐 뻔했다. 나도 모르게 소리를 질렀다.

"이 바보!"

소년은 용케 이튿날에도 개울로 나와주었다. 소년은 내가 묻는 걸 단번에 대답했다. 잘 알아서 그런 것 같지는 않았다. 어눌한 대로 뭔가 자기 진심을 다 드러내고 싶다는 느낌이 재미있었다.

이곳은 우리가 오래전 잃어버린 세상 같았다.

하늘과 구름, 햇빛과 바람, 물과 돌……

내 어렴풋한 기억 속에 이런 것들은 모두 익숙한 것들이었다. 그런데 여기, 익숙해 보이는 이런 것들이 실은 그냥 그렇지 않았다. 그 속에 어떤 것들이 있었다.

나는 물속에 손을 넣었다. 거기 뭔가 살아 움직였다. 그 살아 있는 것들을 만지는 재미로 시간 가는 줄 몰랐다.

피라미……

송사리……

소금쟁이……

나는 이런 생물들의 이름을 되뇌어봤다. 그럴 때마다 그것들이 제 이름을 들은 듯 내 손등을 간질이곤 했다.

소년은 그러는 내 모습을 신기해했다. 내 가늘고 흰 손에도 눈길을 주었다. 나는 불쑥 돌멩이를 던지고 싶어 주먹을 쥐었다. 그때도 위기라면 위기였다.

"이게 뭐지?"

나는 얼른 손을 펴 보였다.

"비단조개."

여러 번 외운 거지만 내 기억력에는 한계가 있었다. 비,단,이라는 말이 물속에 사는 생물에 쓰이는 말이라는 걸 금세 이해하기 힘들었다. 그게 또 조개라는 말과 합쳐져 그렇게 어감이 좋아질지 몰랐다. 이름을 불러주면 이름에 맞는 빛깔과 향기가 생기는 거라고 어디선가 배운 듯도 했다. 어쨌거나 말 둘이 하나가 되어 희한한 말맛이 났다.

소년하고 어쩌다 함께 벌판을 내달리게 됐는지 모르겠다.

그렇게 함께 다녀도 되는 건지, 좀 이른 게 아닌가, 매일 일기를 쓰며 되물었다. 아무리 물어도, 안 된다는 답은 나오지 않았다. 그런 답을 나 스스로 일부러 하지 않은 건지도 모르겠다.

대신 스스로 감정을 미루는 연습은 자꾸 했다. 소년 얼굴을 그리다 지우고 그리다 지우고 했다. 며칠 개울에 나가지 않아보기도 했다. 그러다 다시 개울에 나가면 소년을 만났고, 나는 묻고 소년은 답하고 그랬다.

"이건 뭐지?"

"마타리꽃."

이상한 냄새가 나는 꽃이었다.

"그건?"

"도라지꽃!"

두번째 위기는 여기였다. 나는 그 보라색이 싫었다. 그래서 갑자기 그걸 팽개치고 그 자리를 떠나고 싶었다. 내 아득한 기억 속에 그 색깔은 아름다운 것들이 마지막 사라질 때 남긴 어떤 기운 같았다. 그때 세상은 뿌연 안개 속에서 높고 낮은 건물들 사이로 크고 작은 차들이 오가고 있었다.

내 표정을 본 소년이 겁먹은 얼굴이 되었다. 나는 미안했지만, 그냥 뿌리치듯 돌아서서 뛰고 말았다. 요행히 소년이 곧 뒤따라왔다. 나는 안도했다. 소년은 나를 의심하지 않았다. 그래서 더욱 미안해졌다. 우리는 꽃들 사이, 풀들 사이, 곡식이 익어가는 들판 사이를 뛰어다녔다.

위기는 그렇게 넘어갔다.

더 큰 문제가 있었다. 실은 소년을 만나고부터 위기는 계속되고 있었는지 모른다. 소년은 꽃을 뿌리친 나를 따라왔다. 이곳 소년들은 나처럼 가는 몸과 하얀 피부를 지닌 소녀를 선망하는 듯했다. 소년은 그런 중에도 더 순박했다. 아무것도 모르는 소년을 생각하면 마음이 아프다. 나는 스스로에게 물었다. 나는 지금 이렇게 소년과 함께 벌판을 달려도 좋은가. 정말 좋은가.

"아!"

나는 비탈길에서 미끄러진다. 나무를 붙들고 간신히 몸을 지탱한 나를 소년이 잡아 올린다. 그 나무가 칡덩굴이라 했다. 소년이 어딘가로 달려갔다 오더니 내 무릎에 난 상처에 액을 발라준다. 송진이라 했다. 소년은 아는 게 참 많았다. 내가 모르는 게 많다는 뜻이기도 했다.

나는 벼슬하는 선비 가문의 후손으로 태어나 이 마을에 와 있다. 처음에는 서울에서 살았지만 서울에 대해서도 아는 게 없다. 이 나라 이 민족이 처한 현실도 잘 몰랐다. 그게 당연했다. 나는 지구인이 아니었으니까.

시골에 오고 며칠 뒤 나는 심하게 앓았다. 아빠 엄마가 일하러 나간 그날 한 번도 본 적이 없는 커다란 새가 마당에 내려왔다. 나는 꼼짝도 못하고 누워 있었고, 새가 내 머리맡에 와서 속삭이는 말을 들었다.

나는 먼 별에서 살다 지구인으로 다시 태어났다. 내가 살던 별은 화려한 문명을 자랑하다 자연의 세계를 모두 잃어버렸다. 식물과 동물이 죽어갔다. 그러자 살아 있는 모든 것들이 새로운 생명을 이어가지 못하게 됐다. 별의 주인들도 종족을 이어갈 수 없게 됐다. 별의 주인들은 새로 태어날 새 세계를 찾아내야 했다. 그들은 우주 곳곳으로 탐사선을 보냈다. 나는 그런 탐사단의 일원이었고, 내 탐사 지역은 지구였다. 다른 지역으로 탐사 나간 대원들이 속속 절망적인 소식을 전해오는 동안 나는 응축된 유전자로 사람 몸에서 다시 태어났다. 나는 지구에서 살아 어른이 돼야 했다. 어떤 조건도 버틸 수 있어야 했다. 어른으로 살아남아야 했다.

지구에서 새로 태어나 사는 동안 내 몸에 든 별의 유전자가 알 수 없는 성질로 불쑥불쑥 드러났다. 그 때문에 몇 차례 위기가 있었다. 그런 것들은 어쩌면 아무것도 아닌지 몰랐다. 가장 큰 문제는 소년이었다. 소년을 대하는 내 마음이었다. 자꾸 그려지고 만나면 설레고 기쁘고 그러다 싫고 하는 내 감정이었다. 그날만 해도 아침에 분홍 스웨터와 남색 스커트를 입을 때까지 그 짧은 시간 동안에 얼마나 많은 생각이 끼어드는지 몰랐다. 이 감정의 시간을 통과해야 한다는 사실이 괴롭고 힘겨웠다. 아니, 뭐가 뭔지 모르겠다. 괴롭고 힘겨운 것도 아니었다.

아, 나는 놀랍게도 지구의 한 소녀로 살아 있었다. 나는 설레고 외롭고, 그리고 사랑을 느끼는 지구의 어린 소녀였다. 이 시간을 견디면, 이 시간을 견뎌 어른이 되면, 내 별에서 살아남아 있는 주민들도 일제히 유전자로 응축돼 지구인의 몸에서 아들딸로 다시 태어난다. 지구는 곧 우리 별 사람들의 것이 된다.

지구인들은 느낌과 실제, 생각과 현실 이 둘 사이에서 무엇을 진정으로 힘겨워하는 걸까.

나는 적어도 지구인들이 힘겨워한다는 것 중에 느낌, 생각 등의 총체인 사랑이라는 감정을 참으로 내 것으로 만드는 데 성공한 듯하다. 이 사랑의 시간을 잘 견뎌가고 있는 것이다. 나는 드디어 지구인으로 살아내는 것이고, 이렇게 어른이 되면 우리 별 동포들에게 새로운 세상을 열어줄 수 있게 되는 것이다. 이 어마어마한 임무 수행에 나는 가슴이 벅차올랐다.

그런데 내 몸은 그렇지 않다. 지구인들의 삶은 그렇게 손쉬운 게 아니었다. 그들에게는 느낌, 생각의 세계 못지않게 실제와 현실의 세계가 있었다.

그날 산을 내려오는데 삽시간에 주위가 이상한 빛으로 변했다. 그래, 보랏빛이었다. 그 순간만큼은 지구의 한 귀퉁이 순박한 소년이 살고 있는 시골 벌판은 내 별에서 많은 생명이 사라져갈 때와 같은 그런 보랏빛이었다.

곧이어 굵은 빗방울이 쏟아졌고, 빗줄기가 눈앞을 가로막았다. 소년은 벌판 한가운데 둥근 지붕 집을 가리켰다. 원두막이라 했다. 비가 새는 원두막에 올라 오돌오돌 떨었다. 소년이 겉옷을 벗어 내게 덮어주었다. 소년은 다시 아래로 뛰어 내려가 수숫단 속으로 나를 이끌었다. 나 혼자 비를 피하기 미안해 소년을 안으로 들어오게 했다. 우리는 좁은 수숫단 안에 쪼그리고 앉아 한참을 기다렸다. 소년의 몸에서 무럭무럭 김이 솟았다.

 소나기는 멎었으나 집으로 가는 도랑에 물이 엄청나게 불어나 있었다. 소년이 업히라고 등을 내밀었고 나는 그냥 자연스레 소년 등에 몸을 얹었다. 어색해서 몸을 딱 붙이지 못했지만, 구수했다. 도랑을 건너가던 소년의 몸이 기우뚱할 때부터는 어쩔 수 없이 소년의 목에 매달렸다. 등에 아예 착 달라붙었다. 거기서 잠깐 졸았던 듯도 싶다. 위험한 별에서 살다 유전자로 응축돼 지구인으로 다시 살아온 오랫동안 그렇게 평온한 시간이 언제 있었던가 싶다.

 며칠 졸음이 줄어들지 않았다. 엄마가 타온 감기약을 먹고 나니 더 그랬다. 아빠는 맥없이 혀만 찼다. 나는 소년 등에 여전히 업혀 있지 않나 싶게 좀 편안하기도 했다. 그러나 내가 살던 별과 지구를 오가는 혼돈에 빠지곤 했다. 온몸에서 열이 났다.
 "서툴러서 일을 그르쳤구나."
 큰 새가 속삭였다.
 "아니에요."

나는 도리질 쳤다.

"이걸 보렴."

큰 새는 눈에 익은 스웨터를 펼쳐 보였다. 내 분홍 옷이었다. 비 맞은 옷을 엄마가 빨래해 마당에 널어놓은 것이다. 나는 새를 올려다봤다. 새는 분홍 옷에 묻은 얼룩을 가리키고 있었다. 소년 등에 업혔을 때 물이 밴 자국이다. 그게 빨래로도 지워지지 않은 거였다.

"네 임무!"

큰 새는 쉿소리를 냈다.

"아."

나는 절망했다. 말문이 막혔다.

내가 살던 별에서는 이런 흔적을 남기는 관계는 있을 수 없다. 내가 지구인으로 살면서 가장 어려운 일이 바로 그거였다. 드러내야 할지 감춰야 할지 모르는 미세한 감정의 움직임을 어떻게 설명한단 말인가. 바로 그런 감정을 이해하지 못하는 세상이어서 그 별은 이제 생명을 후손에 이어가지 못하는 멸망의 별이 되어간 것이다.

"사랑."

나는 사랑,이라는 감정에 대해 설명하고 싶었다. 드

러낼 수도 감출 수도 없는, 분명하지 않아도 소중한 그런 감정. 이런 감정이 얼마나 많은 새로운 것을 만들어 내는 힘이 되는가를 말하고 싶었다.

그러나 새는 단호했다. 날개를 펼쳐 내 몸을 실으려 했다. 나는 어쩔 수 없이 죽음만 남은 나의 별로 돌아가야 한다. 새는 내 분홍 스웨터를 집어 던지려 했다. 나는 소리쳤다.

"이 옷만은 가져갈게요!"

해설 ─── 독자를 위하여

동심의 순수, 그 아름다운 연장

 황순원의 단편 「소나기」는 문단 일각에서, 그리고 문학 애호가들에게서 '국민 단편'이란 별칭으로 불린다. 우리가 차마 사랑이라는 이름으로 부르기가 조심스러운, 소년과 소녀의 순수하고 아름다운 첫사랑 이야기를 담고 있다. 오늘의 기성세대에 이른 사람들은 누구를 막론하고 중학교 교과서에 실렸던 이 소설을 기억한다. 소설의 중심인물인 소년과 소녀는 초등학생이지만, 그 미묘한 감정적 교류를 이해하는 데는 적어도 중학생의 나이가 되어야 하지 않을까 싶다.

 「소나기」가 창작된 것은 한국전쟁이 한창이던 1952년 10월이고 발표된 것은 아직 전쟁이 끝나지 않은 1953년 5월이다. 작가 황순원의 창작 궤적에 비추어보면, 처음에 시를 쓰다가 단편소설을 거쳐 장편소설로 넘어가는 확대 변화의 과정 가운데 단편소설 창작의 기량이 극대화되어 있던 시기의 소산이다. 그 기량으로 작가는 모든 사람의 가슴속에 '전설'처럼 숨어 있는 첫사랑의 비밀을 더없이 결이 고운 이야기로 형상화했다. 그러므로 이 소설을 읽는 어린이, 청소년, 중·장년, 노인 모두를 막론하고 그 가슴에 숨겨둔 '보석'에서부터 자유롭지 못하게 한다.

「소나기」는 여운이 오래 남는 이야기의 줄거리도 줄거리려니와 이를 부양하는 황순원 특유의 간결하고 견고하며 서정적이고 상징적인 문장으로 한결 더 돋보이는 작품이다. 시인으로 출발한 작가의 이력이 짐작하게 하는 바이거니와, 이 작가는 장편소설의 세계를 거쳐 다시 함축적인 단편과 시의 세계로 돌아오기까지 소설에서도 시적 응축과 묘사의 문체를 포기하지 않았다. 더욱이 앞서 언급한 바처럼 전란의 분진(粉塵)이 자욱하던 시기에 이처럼 청신하고 감동적인 작품을 창작했다는 것은, 그가 20세기 격동기의 한국 문학에 순수와 절제의 극(極)을 이룬, 소설을 통한 인간 구원에의 의지와 인본주의를 끝까지 밀고 나간 작가임을 증거한다.

작가의 삶과 문학을 기리고 그 문학 정신을 현창하기 위해 건립된 황순원문학촌 소나기마을에서는, 지난 2015년 황순원 탄생 100주년을 기념하여 황순원 오마주 「소나기」 이어쓰기 사업을 기획하고 진행했다. 그리하여 대산문화재단에서 발간하는 『대산문화』에, 작가에게 직접 가르침을 받은 제자 작가 위주로 모두 5편의 속편을 싣도록 했다. 그리고 소나기마을에서 발간하는 소식지 『소나기마을』에, 작가가 23년 6개월 동안 재직했던 경희대학교 출신 젊은 작가 위주로 4편의 속편을 실었다. 그런가 하면 황순원문학제 행사의 일환으로 전국 공모전을 시행하여 고등부와 일반부에서 각기 1편씩 2편의 대상 수상작을 비롯한 여러 작품을 얻었다.

  이 책에 수록된 9편의 글은 그렇게 한자리에 모인 작가들의 작품이다. 문제는 단순히 「소나기」 속편을 한데 모았다는 표면적 사실이 아니다. 우리가 함께 안타까워하고 한숨짓던 가슴 설레는 어떤 가능성의 멸실, 어쩌면 속절없이 멸실되었기에 더 순후하게 슬프고 아름다울 수 있었던 그 가능성을 오늘의 시각과 문맥으로 다시 되살려보는 데 뜻이 있었다. 특히 황순원 선생에게 문학을 배운 제자들, 그리고 그의 제자들에게서 문학을 익힌 제자들의 글로 범주를 정했다. 글의 수록은 '소녀의 죽음'을 기점으로 거기서 가까운 시간대를 운용하는 작품의 순서로 했다.

구병모의 「헤살」은 소녀를 떠나보낸 바로 그 직후, 소년의 여리고 아픈 속내를 그대로 드러낸다. 며칠을 "까닭 없이" 앓아누웠던 소년의 꿈속에서는 꽃 냄새가 난다. 비단조개가 손가락에 닿는 감촉도 있다. 앓다 일어나 학교로 가는 소년의 주머니에는 호두 알 몇 개와 조약돌이 들어 있다. 모두 그대로 있다. 다만 소녀가 없을 뿐이다. 소년의 입에서 "근동에서 제일가는 덕쇠 할아버지네 호두"는 아무 맛도 나지 않는다.

소년은 개울둑 앞에 우뚝 멈춰 섰다. 텅 빈 징검다리에는 물소리만 맑게 흘렀다. 가끔 텃새가 날개로 물을 훑고 지나가는 소리가 찰방, 울렸다. 그때마다 소년은 흠칫 놀라 소리 나는 쪽을 돌아보곤 했다.(31쪽)

소년은 그 개울을 건너지 못한다. 학교도 가지 못한다. 소년의 어머니는 소년의 이 마음속 아픔을 짐작하고 있는 듯하다. 이마의 열이 떨어지지 않고 일주일을 넘긴다. 까무룩 잠에 떨어졌다 깬 소년의 손길이 닿은 곳에 "그날 입었던 저고리"가 잡힌다. 다시 개울로 나간 소년은 스스로 감당하기 어려운 동통(疼痛)을 넘어서기 위하여 힘겨운 진혼제(鎭魂祭)를 지낸다. 누가 가르쳐주어서가 아닌, 혼자 깨우친 제례다.

　주머니에 있던 호두 알맹이를 개울에 뿌린다. 말라비틀어진 대추 몇 알과 소녀의 목덜미처럼 흰 조약돌까지. 그리고 책보를 풀어 속에 든 그 저고리를 물 위에 푼다. 얼룩이 든 저고리는 흠뻑 젖은 채 물살을 따라 유유히 떠내려간다. 떠내려간 것이 비단 저고리뿐이겠는가. 소년은 비로소 징검다리를 한 칸씩 디디기 시작한다. 황순원 「소나기」의 이야기와 분위기를 그대로 이어, 소년의 아픔과 그 감당의 뒷이야기를 맑고 서정적으로 그린 작품이다.

　손보미의 「축복」은 소년과 소녀가 첫정을 가꾸던 바로 그 시점에서 출발한다. 이 작품의 화자는 이들의 교유를 질시의 눈으로 바라보는 또 다른 소녀, 곧 소년을 좋아하는 같은 또래의 소녀다. 매우 독특하고 한편으로는 효율적인 관찰자의 시선 배치에 해당한다. 이 관찰자 소녀가 읍내 중학교를 거쳐 서울에 있는 고등학교와 여대에까지 진학하고 있으니, 이 소설은 기본적으로 회상 시점에 의거해 있는 셈이다.

화자는 먼저 열두 살 나이에 맞은 할머니의 죽음과 장묘에 대해 말한다. 이를테면 다가올 죽음에 대한 예고요 두 죽음의 비교를 위한 복선이다. 할머니가 세상을 떠난 지 일주일 정도 지났을 때 서울에서 '여자애'가 전학을 온다. 분홍빛 스웨터와 남색 스커트를 입고, 무릎까지 올라오는 반양말을 신었다. 얼굴이 아주 하얗고, 어깨를 덮는 머리는 양쪽으로 곱게 땋았다. 황순원「소나기」의 소녀를 연상시키는 여자애다. 문제는 이 여자애를 화자가 아는 남자애, 보다 정직하게 말해 화자가 좋아하는 남자애가 "넋 놓고 바라보는"(44쪽) 데 있다.

그날 나는 처음으로 내 자신이 '정말로' 못생겼다는 생각을 했던 것 같다. 그리고 처음으로 어머니 아버지를 원망했다. 왜 우리 부모님은 나를 이런 시골에서 나고 자라게 한 것일까? 내가 다른 부모님 아래에서 태어나 자라났다면 좀더 예쁠 수 있지 않았을까? 어쩌면 그건 예쁘고 예쁘지 않고 그런 문제와는 상관없는 걸지도 모른다고, 나는 어렴풋이 그런 생각을 했던 것 같다. 그건 삶에 대한 문제라고. 그러니까, 여기의 삶과 저기의 삶. (45쪽)

「소나기」 속의 소년과 소녀가 발산하는 이미지가 너무 강렬하여, 그 주변의 사람이나 경물은 모두 부속품으로 묻혀버리기 십상이다. 그런데 이 작품은 그렇게 소실된 배경과 주변 인물들을 중인환시리(衆人環視裏)의 무대로 이끌어냈다. 소년과 소녀 또래의 다른 아이들도 이들에 못지않은 성장통을 앓고 있는 시기.

화자인 여자애의 서울 소녀를 향한 감정은 분노다. 심지어 "그 여자애가 죽어버렸으면 좋겠다"(47쪽)고 말한다. 결국 소녀는 죽었지만, 화자 여자애가 소년과 함께 걸을 길도 사라졌다. 모든 죽음은 그렇게 흘러간다. 다만 성년이 된 화자에게 소년의 표정, "갈꽃을 이고 가던 여자애를 바라보던 그 표정"(51쪽)은 여전히 반복해서 떠오르는 기억이다. 새로운 방향에서 새로운 눈으로 나이와 마음의 성장을 함께 그린 작품이다.

전상국의 「가을하다」는 소년에게 '현수'라는 이름을 부여하고 그를 양평중학교 2학년 학생으로 변환한다. 현수의 소녀는 2년 전에 이 세상을 떠났다. 그러나 현수는 소녀를 떠나보내지 못한다. 소녀는 갈대숲 한가운데 갈대꽃으로 피어 있다. 그뿐만 아니다. 현수와 꼭 같은 정신의 연령으로 활인화하여, 현수를 '오빠'라 부르며 온갖 생각을 함께 나눈다. 그 모든 상황의 바탕에 '가을하다'라는 새로운 조어(造語)가 있다. 풍경을 보며 향기를 맡으며, 이를 표현하는 말에도 그 마음에도 '가을하다'를 덧붙인다. 그때 몰랐던 소녀의 이름은 이제 '가을'이다.

소년에서 청소년이 된 현수는 언제 어디서나 가을이와 속삭이듯 대화한다. 그 가을이가 성숙한 어른의 모습을 하고 나타나면, 흰색 블라우스를 입고 가정방문을 오는 담임 선생님이 된다. 그렇게 가을이는 어디에나 있고, 정작에 있어서는 어디에도 없다. 마치 이청준 소설 「이어도」에서 이어도의 의미가 그러하듯이.

중학생 현수의 책가방 속에는 항상 주머니에 넣고 다니는 하얀 조약돌과 비슷한, 스무 개도 넘는 조약돌이 들어 있다. 작가는 소설의 문면에 이렇게 썼다. "사라진

것은 보이지 않는다. 그러나 보이지 않는다고 없는 것
은 아니다."(58쪽)

　현수는 눈을 감는다. 눈을 감으면 보고 싶은 것이
보인다. 감은 눈 속에 소녀의 가을가을한 눈이 보인
다.(63쪽)

　이것이 중학생의 인식 수준일까. 그럴 수도 있다. 그
러나 그 인식의 지점에 도달하는 것과 그것의 깊이를
체현하는 것은 사뭇 다르다. 그런 점에서 모든 「소나기」
는 회상 시점을 외면하기 어렵다. 마치 제임스 조이스
의 「애러비」가 그러한 것처럼. 그 단계와 등급을 수용하
면 작가가 수월해진다. 현수는 종내 "아름다운 꽃이 폈
을 때도 슬픈 일이 일어난다"(64쪽)고 술회할 수 있다.
현수는 스무 개도 넘는 조약돌을 개울로 보내고 마지막
하나만 간직한다. 그렇게 현수는 자기 생애의 한 고개
를 넘는다. 이것은 「소나기」의 소년이 힘겹지만 자기 걸
음으로 열어가는 성장사의 첫 대목이다.

　서하진의 「다시 소나기」는 고등학생이 된 소년, '환'

이라는 이름을 가진 학생이 보름달이 뜬 밤에 소녀의 무덤을 찾아가는 장면으로 서두를 연다. 그것은 한 이야기의 종막이 아니라 새로운 이야기의 시발이다. 다음 날 아침 등굣길에 환의 어깨를 툭 치는 손, 새로운 소녀가 등장한 것이다. 같은 반 아이 윤희영이다. 중학교만 마치면 됐다는 아버지의 뜻을 거슬러 어머니는 환을 고등학교에 보냈다. 세 시간 통학 거리의 학교가 있는 그곳, 양평이다. 윤희영이 환에게 특별한 이유는 원작 「소나기」에서 왔다.

　소녀가 얼굴을 바짝 들이밀며 물었다. 소녀에게서는 알 수 없는 향기가 났다. 환은 어지러웠다. 눈에 잔뜩 힘을 주고 환은 소녀를 노려보았다. 저 말투, 저 표정. 대체 이 아이는 누구인가. 어째서 이토록 닮은 얼굴을 하고 있단 말인가.(77쪽)

윤희영은 그냥 놀라운 것이 아니다. 환은 여전히 홀로 밤을 더듬어 분홍 스웨터를 입은 채 잠들어 있는 소녀를 만나러 가곤 한다. 그 옛날처럼 호두와 대추와 조약돌을 품고서. 윤희영이 수업 시간에 쓴 시 「갈대」의 짧은 전문(全文), "별을 쓰느라 머리가 세었소"(80쪽)는 그대로 황순원 제2시집 『골동품』에 있는 「갈대」의 전문이다. 이 소설이 오마주한 그 원작의 환경과 더불어 환과 윤희영은 깊은 인연으로 묶여 있다. 환은 윤희영을 예의 그 소나기 들판으로 데려간다. 윤희영은 죽은 소녀의 사촌, 쌍둥이처럼 함께 자란 사촌이다. 전혀 몰랐던 일이다. 환은 비로소 소녀의 이름이 '희수'였음을 알게 된다.

이 소설은 고등학생 연령이 된 소녀의 자리에 소녀의 사촌이었던 윤희영을 가져다 두고 환의 반응을 관찰하는, 말하자면 안정적이면서도 냉엄한 구도를 가진 작품이다. 소녀는 혼잣말처럼 이렇게 중얼거린다. "갑자기 잃는 것과 갑자기 얻는 것…… 어느 쪽이 더 힘이 들까?"(89쪽) 아직 면식이 짧은 두 고등학생이 이와 같은 심정적 교감에 동참할 수 있다면 윤희영과 희수 사이에 개재한 거리, 유명(幽明)을 달리한 그 심정적 거리는 결코 멀지 않다. 그것은 어쩌면 운명적인 교감 때문인지도 모른다. 우리는 함께, 이제 고등학생이 된 소녀를 보는 셈이다.

김형경의 「농담」은 고등학생 시기를 거쳐 대학생 청

년이 된 소년의 이야기를 다루고 있다. 어린 시절에서 젊은 시절에 이르기까지 소년이 어떤 사람됨으로 자신의 길을 걸어갈 수밖에 없었는가에 대한 증언이다. 처음의 소년, 급작스럽게 소녀를 잃은 소년의 세계는 모든 것이 상실의 느낌으로만 비친다. 그런데 역설적으로 소녀가 떠난 후 소년은 모든 곳에서 소녀를 본다. 개울가에 소녀는 없지만 "이 바보"라는 목소리는 그냥 그곳에 있다. 아마도 소년은 일생을 두고 이 주박(呪縛)에서 벗어나기 어려울 터이다.

고등학생이 된 소년은 교복을 입은 채 개울가에 선다. 그 모습을 개울에게, 아니 예의 소녀에게 보여주고 싶었다. 동급생 여학생을 데리고 개울로 징검다리로 수수밭 벌판으로 다녀보기도 한다. 예기치 않게 입술을 포개기도 한다. 그리고 소원(疎遠)해져서 졸업할 때까지 화해하지 못한다. 영문을 알 수 없었다. 다만 "생이 농담이거나 수수께끼라고 말하는 이들의 마음에 공감할 것 같았다."(100쪽) 이것이 앞서 말한 그 주박이 아니면 무엇일까.

서울에서 대학 첫 학기를 보내면서 청년은 세상에 그

토록 여자가 많다는 사실에 놀랐다. 많은 여자들이 모두 개성 있었다. 얼굴이 흰 서울 여자라는 이유만으로 한 여자가 특별해지지는 않았다. 한잔의 차나, 한 번의 웃음에 의미를 두지 않는 것도 배웠다. 개울가나 수수밭처럼 어떤 공간을 두려워하게 될까 봐, 그런 공간이 많아져 살아갈 곳이 줄어들까 봐 조심했다. 자기에게서 떨어져 나간 마음이 저 혼자 개울가나 수수밭을 떠돌까 봐 두려웠다.(101쪽)

청년은 제 방식대로 세상살이의 문법을 익히고 있다. 그리고 어렴풋이 짐작한다. "그것은 사랑의 치명성이 아니라 정서의 취약함이라는 것을."(102쪽) 굳이 부연하여 말하자면 전자의 공간에서 후자의 공간으로 옮겨가야 제 방식의 삶을 얻을 수 있을 것임을 짐작하는 것이다. 여름방학을 맞아 고향에 돌아온 청년은 어머니 심부름으로 수수밭에 이른다. 어렸을 때 자신을 도와준 수수밭 주인아주머니와 그 딸을 만난다. 그러나 그러한 일들 또한 농담이거나 수수께끼 같은 세상에 또 하나의 농담을 보태는 일인 것으로 생각한다. 애써 숨기고 있지만, 어린 시절에 생의 허무를 미리 보아버린 눈에 소녀 없이는 모두 농담인 세상, 그것이 그가 살아야 할 현실이요 미래다.

이혜경의 「지워지지 않는 그 황토물」은 소년을 공장에 다니는 스물한 살 청년 '그'로 분장했다. 그 나이에 이르기에 앞서 중학교 시절의 소년이 등장하고, 이 모든 과정의 배면에는 언제나 옛날의 어린 소녀가 잠복해 있다. 윤초시네는 도시로 이사 가고 마을의 유일한 기와집이었던 윤초시네 집은 기왓골마다 풀이 돋은 빈집이 되었다. 소녀의 무덤은 학교로 가는 지름길인 산길가에 있다. 중학생인 소년은 혼자 무덤을 찾아가기도 하고 말을 건네기도 한다. 중학교를 마친 소년은 삼촌의 소개로 도시의 공장에 취직한다.

화보를 넘기던 동료들이 옥신각신하는 소리에 고개를 빼고 들여다보았다. 흰 블라우스에 감색 점퍼스커트 차림의 여학생이 미소 짓고 있었다. 가슴이 철렁 내려앉았다. 단발머리에 하얀 얼굴, 볼우물이며 분꽃 씨앗처럼 까맣게 영근 눈동자가 영락없는 그 서울 애였다. 살아 있다면 지금 꼭 이럴 것이다. 쌍둥이라 해도 믿을 것 같았다. 그럴 리 없다는 걸 알면서도, 그 사진 아래에 적힌 이름을 유심히 보지 않을 수 없었다. 윤씨는 아니었다.(116쪽)

스물한 살이 된 청년은 잡지에서 그 페이지를 몰래 찢어낸다. 접어서 작업복 호주머니에 넣었다. 한동안 그 종이쪽은 언젠가 연기처럼 달아난 조약돌을 대신한다. 중학교 때까지 그토록 소중하게 간직하던 조약돌이 없어진 것은 성장해가면서 세상의 삶에 익숙해져 가는 소년의 모습을 보여주지만, 아직도 철렁 내려앉는 가슴을 가진 것은 그 가슴에 소녀가 담겨 있기 때문이다. 이 소년 그리고 청년은, 모름지기 그 가슴을 그대로 안고 평생을 살아야 할 것이다. 이것이 아름다운 추억의 축복인지 벗어날 길 없는 과거사로 인한 형벌인지 제대로 가늠하기는 어렵다.

도시에서 공장을 다니다가 오랜만에 온 집은 작게 느껴지지만 아늑하다. 잠들었다 깨어나 "한생을 건넌 듯"(117쪽)한 그에게, 어머니는 도시로 이사 가기로 했다고 일러준다. 소녀네도 소년네도 모두 떠난 그 마을, 서당골 마을엔 무엇이 남을까. "마지막일지도 모르는 풍경"(117쪽)을 눈에 담는 그의 심사에는 무엇이 담겨 있을까. 산어귀에서 쓸쓸하게 흔들리는 구절초처럼 처연한 추억의 그림자다. 그래서 이 작품 또한 슬프고도 아름다운 원래 이야기의 연장선상에 효율적으로 놓여 있다.

노희준의「잊을 수 없는」은 앞서의 작품들이 보여주었던 연령대들을 한꺼번에 훌쩍 뛰어넘는다.「소나기」의 소년은 다섯 살이 된 손녀를 둔 할아버지가 되었다. 손녀의 이름은 은혜. 할아버지인 '그'는 언젠가 손녀에게 "이 바보" 하면서 돌을 던진 소녀의 이야기를 해준 모양이다. 왜 '모양'이냐 하면 그가 치매 초기 증세를 보이고 있는 까닭에서다. 아들 내외와 손녀와 함께 동물원에 왔고, 아들 내외가 잠깐 자리를 비운 사이 손녀와 대화하는 것에서 소설이 시작된다. 세상은 너무도 개명(開明)해서 3D 프린터로 사람 얼굴을 스캔하여 작은 인형으로 만들어주는 데까지 와 있다.

절대 사라지지 않을 것 같던 상처도 이십대의 가슴앓이와 함께 지나가버렸다. 밤만 되면 가슴이 뜨거워 잠

못 드는 나이가 지나가고 나자 그는 더 이상 소녀에 대해 슬픈 마음이 들지 않았다. 열정이 있어야 상처를 되새길 힘도 있는 거라고, 상처를 앓는 데도 젊음이 필요했던 거라고, 어느 순간 생각하게 되었다. 자식이 두 명 다 아들이어서 그 나이 또래에도 소녀와 동일시하게 되는 순간은 없었다. 무엇보다 자식들은 그와 전혀 다른 청소년기를 보냈다. 무슨 일이 있어도 다르게 보내게 해야 한다고 생각했다. 그렇게 만들기 위해 열심히 일하는 동안, 소녀의 기억은 전생처럼 멀어져만 갔다. 어쩌면 그가 여러 번을 다시 살 듯 한 번의 생을 살아왔기 때문일지도 몰랐다.(125쪽)

이 예문에서 목도할 수 있듯이, 그는 자신의 삶에서 소녀의 기억을 지우는 데 평생을 두고 애써야 했다. 그리고 결과는 그 일이 가능하지 않다는 것이었다. 심지어 동물원 3D 프린터 인형 가게의 점원 얼굴에 말간 햇빛이 떨어지면, 그 투명함 때문에 어린 시절 개울가에서 함께 놀았던 소녀의 얼굴을 다시 보는 것 같다고 생각한다. 일흔이 넘어 머리에 문제가 생겼음을 알게 되었지만, 유년기의 기억은 눈앞에 있는 것처럼 생생하다.

그 동물원에도 갑자기 소나기가 내린다. 삶의 끝자락에서 사위어가는 의식을 붙들고서도 오랜 세월 저쪽 동심의 기억은 이토록 강렬하다.

조수경의 「귀향」 또한 소년을 노년에까지 이끌고 갔다. 그는 소설에서 '남자'로 불린다. 남자의 아내가 치매에 이른 것을 보고 대략의 연령대를 유추할 수 있다. 남자는 오랜만에 고향을 찾는다. 흘러간 세월만큼 풍경도 변해 있었다. 남자는 아주 오래전에 매일 누군가를 기다리던 곳을 찾아갔다. 그 자리에 이르도록 남자의 삶은 만만치 않았다. 남자의 가족이 고향을 떠난 건 중학생 때였고, 고향을 잃은 대가로 도시에 있는 대학을 나와 초등학교 선생 노릇을 할 수 있었다. 하지만 소녀를 잊을 수는 없었다.

그랬다. 살다 보면 가끔 또래들 사이에서 소녀를 만날 수 있었다. 소년이 자라나 고등학생이 되고 성인이 되듯, 기억 속에 머물고 있는 소녀도 속도를 맞춰 함께 자라났다. 남자는 비슷한 나이대의 사람들 속에서 소녀와 닮은 사람을 찾을 수 있었다. 아내가 그런 사람이었

다.(139쪽)

　남자는 처음 부임한 학교에서 아내를 만났다. 하얀 얼굴에, 웃는 모습이 소녀를 닮은 여자였으니 그의 심리적 상태는 참으로 중증이었다. 그 아내가, 자신과 함께 늙어가던 아내가, 며느리를 두고 입에 담지 못할 말을 내뱉고는 아무 일도 없었다는 듯이 식사를 이어갔고 그 일은 시작에 불과했다. 이 막다른 길에서 남자는 소녀가 있던 고향을 찾아간다. 평생 동안 주머니 속에 조약돌을 간직해온 것처럼, 노년의 남자는 평생 동안 어린 시절의 한순간을 자신의 내면에 감추고 살았다. 이 작품은 그 슬픈 인생사의 기록이다.

　박덕규의 「사람의 별」은 우리가 지금까지 읽어온 작품들과는 아주 다른 방식의 이야기다. 지금까지는 소녀를 잃은 소년이 사람의 몸과 마음으로 된, 그 일반적 생명력으로 스스로의 삶을 감당해나가는 줄거리를 가졌다면, 박덕규의 소녀는 우주의 다른 별에서 온 외계인이다. 기상천외한 상상력. 그러나 근래 SF영화나 소설의 범람에 비추어보면 그다지 새로운 일도 놀랄 일도 아니다. 시에도 심혼시가 있고 기교시가 있듯이, 이 기술문명의 소설적 이야기화가 그렇게 어려울 바도 없다. 이를 '기상천외'라 명명한 것은 서정적 감수성의 한복판에 외계인을 가져다 두는 것이 그 이야기의 효과를 제대로 발양할 수 있겠는가라는 의문 때문이다.

나는 먼 별에서 살다 지구인으로 다시 태어났다. 내가 살던 별은 화려한 문명을 자랑하다 자연의 세계를 모두 잃어버렸다. 식물과 동물이 죽어갔다. 그러자 살아있는 모든 것들이 새로운 생명을 이어가지 못하게 됐다. 별의 주인들도 종족을 이어갈 수 없게 됐다. 별의 주인들은 새로 태어날 새 세계를 찾아내야 했다. 그들은 우주 곳곳으로 탐사선을 보냈다. 나는 그런 탐사단의 일원이었고, 내 탐사 지역은 지구였다. 다른 지역으로 탐사 나간 대원들이 속속 절망적인 소식을 전해오는 동안 나는 응축된 유전자로 사람 몸에서 다시 태어났다.(155쪽)

외계의 생명체로서 사람의 몸으로 태어난 '나'는 설레고 외롭고, 그리고 사랑을 느끼는 지구의 어린 소녀가 되었다. '나'는 지구에서 어른으로 살아남아야 했지만, 몸이 그렇지 않았다. 소년과 함께 산을 내려오다가 소나기를 만나고, 온몸에서 열이 나고, 결국 임무를 다하지 못한다. '나'를 우주로 데려가려는 '큰 새'에게 할 수 있는 마지막 말은, 얼룩이 묻은 분홍 스웨터를 가져가겠다는 것이다. 상황 논리에 따른 여러 논의가 남아 있지만, 시각의 새로움이 한결 돋보이는 작품이다.

황순원이 일생 동안 이룬 문학의 집적은 시 104편, 단편 104편, 중편 1편, 장편 7편에 이른다. 「소나기」는 그 가운데서 미소(微小)하다면 미소하다. 거기다가 지금껏 살펴본, 「소나기」 속편 9편의 분량은 대체로 200자 원고지 30매 내외이다. 콩트나 엽편소설의 분량이다. 그런데 각기의 작품에는 참 다양하고 많은 서정적 이야기들이 숨어 있다. 저 옛날 서당골 마을의 소년 소녀가 나눈 맑고 여리고 감동적인 첫사랑 이야기를 재치 있고 기발하게, 그리고 아름답고 여운 있게 패러디하여 형상화한 수작들이다.

한 작가의 문학을 오마주하고 한 이름 있는 작품을 이어 쓰는 것이, 이토록 영롱한 문양으로 아로새겨질 줄을 기획자인 필자도 몰랐던 터이다. 이렇게 작고 소박하지만 소중하고 감성적인 집체적 글쓰기는 실로 순수한 동심의 세계를 곱게 연장한 범례가 될 듯하다. 그러한 글쓰기가 공통적으로 가능한 자리에 그에 합당한 사유가 없을 리 없다. 여기에 수록된 작품들은 대체로 소녀의 죽음 이후 소년의 성장사를 따라가고 있는데, 그 삶의 변화 가운데서 끝까지 변하지 않는 지고한 가치가 올곧게 남아 있기 때문이다. 소년이 감각하고 인식한 소녀가 그렇고 그 배경으로서의 고향도 그렇다.

여기에서의 '소년'들은 공히 내성적 성품의 소유자이지만, 과거 짧은 한 시기의 절박한 마음을 끝까지 붙들고 있는 가치지향적인 인물로 그려지고 있다. 우리가 사는 세상에 그런 인물들이 많아진다면, 세상이 한결 아름다워지지 않을까. 소설 속의 그 청량하고 경쾌한 개울물처럼. 이 보편적인 통념에, 이어쓰기에 참여한 작가들의 생각이 동류를 이루었다. 이 뜻있고 보람 있는 새 문학 세계를 기획한 소나기마을에서는 이 책을 읽는 사람들, 그리고 마을을 찾아오는 사람들이 그 시간만이라도 세상의 짐을 내려놓고 동심의 순수로 돌아갈 수 있기를 소망한다. 그리하여 누구나 새로운 의욕을 충전하고 창의적인 기력을 섭생할 수 있기를 기대한다. 그

것은 또한 그 모든 일이 시도될 수 있도록 원작의 세계를 구성한 작가 황순원에게, 우리가 공여하는 경외감의 다른 표현이기도 하다. 이야기의 전설 「소나기」가 여전히 지금 여기의 소설이듯, 작가 또한 여전히 그의 작품들과 더불어 우리 곁에 있다. 여기 이 9편의 작품이 그 구체적인 증빙이며, 그것이 가능하도록 이렇게 소담스러운 책으로 묶어준 문학과지성사의 여러분과 편집부의 박지현 선생에게 깊이 감사드린다.

2016년 5월

책임편집 김종회

황순원 연보

1915년(1세) 3월 26일 평안남도 대동군 재경면 빙장리 1175번지에서 부친 찬영 씨와 모친 장찬붕 여사의 맏아들로 태어남.

1919년(5세) 3·1운동 발발. 평양 숭덕학교 고등과 교사로 계시던 부친이 태극기와 독립선언서 평양 시내 배포 책임자의 한 분으로 일경에 붙들려 징역 1년 6개월의 실형을 받음.

1921년(7세) 평양으로 이사.

1923년(9세) 평양 숭덕소학교 입학.

1929년(15세) 3월 숭덕소학교 졸업. 정주 오산중학교 입학. 남강 이승훈 선생 만남. 9월 건강 때문에 평양 숭실중학교로 전학.

1930년(16세) 시를 쓰기 시작.

1934년(20세) 3월 숭실중학교 졸업. 일본 도쿄 와세다 제2고등학원 입학. 도쿄에서 이해랑·김동원 씨 등과 함께 극예술 단체인 '동경학생예술좌' 창립.

1935년(21세) 1월 17일 양정길과 결혼. 시집 『방가』를 조선총독부의 검열을 피하기 위해 도쿄에서 간행했다 하여 여름방학

때 귀성했다가 평양 경찰서에 붙들려 들어가 29일간 구류당함. 동인지 『삼사문학』의 동인이 됨.

1936년(22세) 3월 와세다 제2고등학원 졸업. 와세다 대학 문학부 영문과 입학. 도쿄에서 발행하는 『창작』의 동인이 됨.

1938년(24세) 4월 장남 동규 출생.

1939년(25세) 3월 와세다 대학 졸업.

1940년(26세) 7월 차남 남규 출생.

1943년(29세) 9월 평양에서 향리인 빙장리로 소개. 11월 딸 선혜 출생.

1946년(32세) 1월 3남 진규 출생. 5월 월남. 9월 서울중고등학교 교사 취임.

1950년(36세) 한국전쟁 발발. 경기도 광주로 피난. 1·4 후퇴 때는 부산으로 피난.

1953년(39세) 8월 피난지에서 환도.

1955년(41세) 3월 장편 『카인의 후예』로 아시아자유문학상 수상. 서울중고등학교 교사 사임. 『현대문학』 추천 작품 심사위원에 피촉.

1956년(42세) 『문학예술』 추천 작품 심사위원에 피촉.

1957년(43세) 4월 경희대 문리대 교수로 취임. 예술원 회원 피선.

1961년(47세) 7월 장편『나무들 비탈에 서다』로 예술원상 수상.

1964년(50세) 12월『황순원 전집』전 6권을 창우사에서 간행.

1966년(52세) 3월 장편『일월』로 3·1문화상 수상. 단편「소나기」가 인문계 중학교 3학년 국어 교과서에, 단편「학」이 실업계 고교 3학년 국어 교과서에 수록됨. 3·1 문화상 심사위원에 피촉.

1970년(56세) 8월 15일 국민훈장 동백장 받음.

1971년(57세) '외솔회' 이사에 피촉.

1972년(58세) 12월 19일 부친 별세.

1974년(60세) 1월 10일 모친 별세.

1980년(66세) 경희대 교수 정년퇴임과 동시에 명예교수로 취임. 12월 문학과지성사가 낱권으로 기획한『황순원 문학전집』(전 12권) 중 제1권『늪/기러기』, 제9권『움직이는 성』간행.

1983년(69세) 12월 장편 『신들의 주사위』로 대한민국문학상 본상 수상.

1987년(73세) 10월 제1회 인촌상 문학부문 수상. 12월 예술원 원로회원에 추대.

1990년(76세) 8월 15일 선친께서 건국훈장 애족장을 추서받음.

1996년(82세) 정부에서 은관문화훈장을 추서했으나 수여 거부.

2000년(86세) 9월 14일 오전 4시 서울시 동작구 사당동 자택에서 타계. 9월 16일 정부에서 금관문화훈장 추서.

지은이 소개

전상국

1963년 『조선일보』 신춘문예에 소설 「동행」이 당선되면서 등단했다. 소설집 『우상의 눈물』 『아베의 가족』 『하늘 아래 그 자리』 『온 생애의 한순간』 『남이섬』 등이 있다. 한국전쟁의 비극과 그 상처의 진단을 통한 민족의 동질성 회복 및 잘못 쓰이는 힘(권력)에 대한 구조적 모순을 즐겨 다룬다. 현재 강원대학교 명예교수이자 김유정문학촌장이다.

박덕규

1980년 『시운동』 창간호를 통해 시인으로 등단한 뒤 문학평론가, 소설가로 활동해왔다. 소설집 『날아라 거북이!』 『포구에서 온 편지』 『함께 있어도 외로움에 떠는 당신들』, 장편소설 『밥과 사랑』 『사명대사 일본 탐정기』 등이 있다. 산업화와 민주화를 급진적으로 진행해온 과정에서 드러난 한국 사회의 문제점을 속도감 있는 문체로 파헤쳐왔다. 현재 단국대학교 문예창작과 교수로 재직 중이다.

김형경

1983년 『문예중앙』에 시가, 1985년 『문학사상』에 중편소설이 당선되어 등단했다. 1993년 장편소설 『새들은 제 이름을 부르며 운다』가 국민일보 문학상을 수상하면서 전업 작가로 출발했다. 소설집 『담배 피우는 여자』, 장편소설 『사랑을 선택하는 특별한 기준』, 심리에세이 『사람풍경』 등이 있다. 여성의 특별한 심리에 대해 천착하는 소설, 에세이 등을 쓰기 시작했는데 요즈음은 남자의 심리에 대한 글을 쓴다.

이혜경

1982년 『세계의 문학』으로 등단했다. 소설집 『틈새』 『너 없는 그 자리』, 장편소설 『길 위의 집』 『저녁이 깊다』, 산문집 『그냥 걷다가, 문득』 등이 있다. 사람이 서로 온기를 나누며 사는 일을 방해하는 것들에 눈길이 간다. 관심이나 애정이라는 이름 뒤에 숨은 은밀한 폭력, 본성을 억압하는 그 정체가 궁금해 자꾸 글을 쓰게 된다.

서하진

1994년 『현대문학』으로 등단했다. 소설집 『책 읽어주는 남자』 『라벤더 향기』 『착한 가족』 등이 있다. 사람과 사람 사이, 관계의 의미를 찾는 일이 중요하다고 생각하며 소설을 쓴다. 현재 경희대학교 국어국문학과에서 학생들과 소설 공부를 하고 있다.

노희준

1999년 『문학사상』으로 등단했다. 소설집 『너는 감염되었다』 『X형 남자친구』, 장편소설 『킬러리스트』 『오렌지 리퍼블릭』 『넘버』 『깊은 바다 속 파랑』 등이 있다. 제2회 『문예중앙』 소설상을 받았다. 동시대 문화에 대한 전복적 상상력과 서사 기법으로 인간의 내면세계를 탐색하는 소설을 주로 쓴다.

구병모

2008년 장편소설 『위저드 베이커리』로 창비청소년문학상을 수상하면서 등단했다. 소설집 『그것이 나만은 아니기를』, 장편소설 『아가미』 『방주로 오세요』 『파과』 등이 있다. 환상과 분리되지 않거나 환상보다도 더욱 거짓말 같은 현실을 주로 묘사하는 일련의 소설을 통해, 차가운 지옥과 최소한의 온기라는 양극단을 자유롭게 오간다.

손보미

2009년 『21세기문학』에서 「침묵」으로 신인상을 수상하고, 2011년 『동아일보』 신춘문예에 「담요」가 당선되면서 등단했다. 2013년 첫 소설집 『그들에게 린디합을』을 출간했다. 진짜 살아 있는 사람들의 이야기를 좋아한다. 현재 열심히 소설을 쓰고 있다.

조수경

2013년 『서울신문』 신춘문예에 「젤리피시」가 당선되면서 등단했다. 주요 작품으로 단편소설 「유리」 「오아시스」 「순환선은 순환한다」 등이 있다. 사람들이 외면하고자 하는 본성을 직시하고 파헤치는 고약한 취미 때문에 꽤 자주 고통스럽지만, 그럼에도 더 깊숙이 들여다보는 작가가 되려고 한다.

김종회

1988년 『문학사상』을 통해 문학평론가로 등단했다. 현재 경희대학교 국어국문학과 교수, 한국문학평론가협회 회장이다. 『문학사상』 『문학수첩』 『21세기문학』 『한국문학평론』 등 여러 문예지의 편집위원을 역임했으며, 김환태평론문학상, 김달진문학상, 편운문학상, 유심작품상, 시와시학상 등을 수상했다. 지은 책으로 『문학과 예술혼』 『문학의 거울과 저울』 『한민족 디아스포라 문학』 등이 있다. 특히 북한 및 해외동포 문학을 꾸준히 연구하여 다수의 연구서를 썼다.

소나기

이어쓰기

차례

- 「어떤 소나기」· 고은별(일반부 대상)
- 「여우비」· 황효림(고등부 대상)
- 「소나기 이어쓰기」 노트

★나도 한번 써볼까? 「소나기」 뒷이야기!

「소나기 이어쓰기」 노트에 각자가 상상한 황순원의 「소나기」 뒷이야기를 직접 써보세요. 황순원문학촌 소나기마을로 완성된 작품을 보내주시면, 좋은 작품을 선정하여 소나기마을 회보인 계간 『소나기마을』에 실어드립니다.

- 주소: (12504) 경기도 양평군 서종면 소나기마을길 24 황순원문학촌 소나기마을 '소나기 이어쓰기' 담당자 앞
- 문의: 031)773-2299, 4499
- 홈페이지: www.sonagi.go.kr

어떤 소나기

고은별 (서울과학기술대학교 문예창작학과 3학년)
2015 소나기 이어쓰기 공모전 / 일반부 대상

해설

 고은별의 「어떤 소나기」는 '2015 소나기 이어쓰기 공모전'에서 일반부 대상을 받은 작품이다. 이 작품은 원작의 순정한 서정성을 그대로 이어받고 있어서 아주 자연스럽게 그 연장의 이야기로 수긍된다. 소년은 성장해서 한 가정의 가장이 되고 한 여자의 남편이자 한 아이, 그리고 또 한 태중 아이의 아버지가 되었다. 화자는 이 가장이 된 소년을 서술하는 그의 아내. 시점의 구분으로는 일인칭관찰자 소설이다.
 가장에 대한 아내의 호칭은 '당신.' 그 '당신'은 스무 살에 상경하여 되는대로 일을 하다가 군대를 다녀오고 다시 좀더 안정적인 일을 하다가 '나'를 만났다. '당신'은 맑은 날에도 우산을 가지고 다니는 버릇이 있다. 그리고 남편으로서도 아빠로서도 좋은 사람이며, 특히 아이가 아픈 데에 예민하다. 화자인 '나'가 아는 '당신'의 고향은 개울과 징검다리가 있는 곳이다. 이 모든 이야기의 서술 및 묘사는, 원작의 이야기와 풍광에 오버랩되어 있다. 그 원작의 고운 결을 잘 살려 성년이 된 소년을 설득력 있게 조명한 작품이다.

가끔 당신이 목수 같다는 생각을 한다. 무언가 작은 물건을 손에 쥐고 골몰할 때 그렇다. 불이 들어오지 않는 손전등을 분해한 채 한참 들여다볼 때나 제사를 앞두고 밤 껍데기를 깎을 때, 아니면 지금처럼 호두의 껍데기를 꼼꼼히 벗겨낼 때 당신은 속이 빈 것처럼 투명한 표정을 짓는다. 짧은 손톱으로 속껍데기를 까는 데 집중하는 당신을 아이는 신기하다는 듯이 바라본다. 당신이 까는 족족 입에 넣어준 호두 때문에 볼이 불룩하게 솟아 있다. 신중하고 맹렬하게 호두를 까는 당신은 호두 알 하나가 완전히 매끄러워질 때마다 목수가 작업의 마지막 과정을 수행하듯 조심스러운 손짓으로 아이에게 호두를 먹여준다. 그럴 때면 나는 그것을 어떤 표정으로 봐야 하는지 혼란스러워진다. 아이는 또래답지 않게 견과류를 좋아하고, 당신은 호두 까는 일을 일종의 취미처럼 여기고, 나는 좋은 호두를 골라와서 삶는 게 번거롭지 않으니 일상은 늘 평화롭다. 그렇지만 이 모든 과정이 어쩐지 내게는 축축하게 느껴지고, 특히 아이가 작은 입술을 벌려 호두 알을 받아먹을 때는 기묘한 기분이 들어 창밖을 바라보게 된다.

당신은 스무 살이 되던 해 상경했다. 상경이라는 말을 들으면 흔히 생각나는 봇짐 같은 건 없었다고 했다. 부모의 만류를 무릅쓰고 온 것도 아니라고 했다. 그저 그럴 나이가 되었으니 먹고살 일을 찾아야 했고, 태어난 마을은 이미 젊은 사람들이 다 떠나고 없어 당신 또한 순리를 따르듯 상경한 것이었다. 되는대로 일을 하고 군대를 다녀오고 다시 조금 더 안정적인 일을 하다가 나와 만났다. 당신과 나는 몇 년간을 알고 지냈으나 특별할 게 없는 사이였는데, 그만큼 번거로울 일이 없어 순조로운 관계이기도 했다. 나의 아버지가 돌아가셨을 때 당신이 여러모로 마음을 써주었던 일을 계기로 가까워져 곧 결혼도 하게 되었다. 아버지가 그랬듯 당신은 말이 많지 않았다. 결혼도 굳이 따지자면 내 쪽에서 조금 더 서둘렀는데 내 기분이 상하지는 않을 만큼 당신도 따라주었다. 고장 난 물건을 끈질기게 살펴 반드시 고쳐내는 기질이 좋았고 아무리 더운 날이어도 아버지 산소의 제초 작업을 거르지 않는 점 같은 게 고마웠다. 당신은 맑은 날에도 늘 우산을 가지고 다니는 버릇이 있었다. 결혼 4년 만에 아이를 가졌다는 사실을 알리고 함께 돌아오던 저녁, 예보에도 없던 비가 쏟아졌다. 당신이 늘 무거운 우산을 가지고 다니는 게 맘에 걸려 회사 가방 속에 있던 우산을 양산 겸용인 가벼운 우산으로 바꿔놓았는데, 그날은 소나기치고도 비가 세차게 내렸다. 당신은 우산을 펴서 내게 씌워주고 재킷도 벗어 어깨에 걸쳐주었다. 둘이 함께 쓰기엔 우산이 작았다. 당신의 셔츠가 투명해질 정도로 젖는 게 보였다. 나는 아직 부풀지 않은 배를 감싸고 당신을 올려다보았지만 우산에 가려 표정을 볼 수 없었다. 당신은 다시 무거운 우산을 가지고 다니기 시작했고, 나는 아이가 나올 때까지 비 오는 날에는 외출을 하지 않았다.

배가 부를 만큼 호두를 받아먹은 아이는 곧 잠이 든다. 당신은 아이의 이마를 쓸어주다가 완전히 잠든 걸 확인하고는 남은 호두와 껍데기 들을 치운다. 담배를 피울 생각인지 방에 잠시 들렀다가 베란다로 나선다. 뒤돌아선 당신의 머리 위로 곧 희붐하게 연기가 피어오른다. 아침 뉴스에서는 내일부터 장마가 시작된다고 했는데 오늘 날씨는 거짓말처럼 내내 맑다. 맑아서 멀어 보이는 하늘을 향해 담배 연기가 사라진다. 하늘과 연기 중 무엇이 더 멀까 생각한다. 당신은 담배를 오래 피우는 편이고 나는 음식을 느리게 하는 편이라 당신과 나는 서로를 기다리는 일에 익숙하다. 곤히 잠든 아이를 옮길까 고민했지만 내버려두기로 한다. 당신이 미처 치우지 못한 호두 부스러기를 손바닥으로 쓸어 담으면서 아이의 얼굴을 살펴본다. 아이는 나와 있으면 나와 똑같다는 말을 듣고 당신과 있으면 당신을 꼭 닮았다는 말을 듣는다. 셋이 함께 있으면 당신과 나를 반반 닮았다고 하는데, 나는 당신과 전혀 닮지 않았기 때문에 그런 말을 들으면 신기하다는 생각이 든다. 사실 아이의 눈 모양이나 콧날, 입매는 나를 많이 닮았다. 그런데 가끔 짓는 표정이나 얼굴선의 움직임, 눈썹이 변하는 모양 같은 것들이 당신과 똑같을 때가 있다. 아마 아이가 당신과 닮았다고 말하는 사람들은 아이에게서 그런 부분들을 보았을 것이다. 아직 부드럽기만 한 손으로 표면이 거친 물건을 쥐는 걸 좋아하는 것도 당신을 닮아 그럴 것이다. 여기까지 생각하고 아이의 손을 보니 마침 주먹을 꼭 쥐고 있다. 깨지 않게 조심조심 손가락을 떼어낸다. 툭, 제 손으로 다 쥐지도 못할 만큼 큰 호두 알이 떨어진다. 이 단단하고 거친 호두를 쥔 채로 아이는 무슨 꿈을 꿨을까. 담배를 다 피웠는지 당신이 베란다 문을 열고 들어온다. 그새 하늘이 조금 어두워진 것 같다.

떠올려보면, 당신은 남편으로서도 아빠로서도 좋은 사람이었다. 물론 텔레비전에 나오는 남자들처럼 식구에게 특별하게 다정하거나 살갑다거나 하지는 않았지만 늘 성실했고 한결같았다. 무엇보다 당신은 함부로 화를 내지 않았다. 아이가 태어나서 지금까지, 10년이 조금 안 되는 시간 동안 당신이 아이에게 크게 화를 내는 걸 본 적이 없었다. 물론 아이가 천방지축이 아니라 그렇기도 했겠지만 설령 요란한 장난을 치는 아이였다

해도 당신이 화를 내면서 키웠을 거라는 생각은 들지 않는다. 당신은 가끔 엄마인 나보다 섬세하게 아이를 살필 때가 있었다. 특히 아이가 아픈 데에 예민했다. 정확히 말하자면 늘 아이가 아플지도 모른다는 걱정을 가지고 살았다. 지금 사는 집으로 이사를 오고 바로 다음 날, 통학 버스 기사가 아이를 전에 살던 집 앞에 내려준 일이 있었다. 집 앞에서 아이를 기다리던 나는 시간이 지남에 따라 무언가 일이 틀어졌구나 하는 생각이 들어 유치원에 전화를 걸었고, 당황한 원장의 설명이 끝나기 전에 전화를 끊었다. 아파트 단지를 나서며 당신의 번호를 눌렀을 때, 길 끄트머리에서 아이가 보였다. 아이는 조금 지친 표정으로 나를 보았다. 애기를 들어보니 길을 잃어버린 건 아니라 했다. 원래 나와 자주 지나다니던 길이라 오는 법을 알고 있었는데 날이 덥고 목도 말라서 힘들었다고, 더듬더듬 말하고는 천천히 울었다. 전화가 끊기지 않은 상태라 당신은 아이의 이야기를 전부 들었다. 그리고 그날 밤에 당신은 처음으로 화를 냈다. 격렬하거나 큰소리가 날 만큼은 아니었지만 당신은 정말 화가 나 있었고 나는 그걸 듣는 수밖에 없었다. 다행히 그 일로 아이가 큰 충격을 받은 것 같지는 않았다.

아이는 당신의 뜻에 따라 아파트 앞에 있는 곳으로 유치원을 옮겼다. 그 후 당신과 나는 서로 이 일에 대해 먼저 말을 꺼내지 않았다. 다만 언젠가 아이가 잠든 밤에 당신이 미안하다고 말한 적이 있었다. 그때 미안했다는 당신의 사과를 듣고서 그때가 언제인지 추측하려고 여러 날들을 떠올려보았지만, 그때라고 부를 만한 날이 이날 빼고는 전혀 떠오르지 않았기 때문에 이날이라고 짐작할 수밖에 없었다. 확실히 당신은 좋은 남편이었다.

6개월에 접어든 몸은 이제 많이 무거워져서 움직이는 게 조심스럽다. 다 갠 수건을 들고 일어서는 내게 당신이 온다. 수건을 받아들고 나를 부축하는 폼이 첫아이 때보다 익숙하다. 화장실 선반에 수건을 정리한 당신은 창밖을 한 번 내다보더니 나가지 않겠느냐고 묻는다. 그러고 보니 저녁 먹을 시간이 됐다는 게 생각난다. 내가 아이를 바라보고 있으니 당신이 아이를 안아든다. 아이는 깊이 잠들었는지 밖에 나와서도 조금 칭얼거릴 뿐 깨지 않는다. 후텁지근한 바람이 불고 당신과 나는 목적지를 말하지 않은 채로 걷는다. 아파트 입구를 지나 아이가 보였던 길의 끄트머리도 지나 신작로가 나올 때까지 걸으면서 문득 당신의 고향을 떠올린다. 사실 신작로라는 말은 당신의 고향에 어울리지 않는다. 내가 처음 고향에 가던 해 공사 중이었던 길은 다음 해 결혼을 하고 다시 갔을 때 다 닦여 있었다. 버스가 지나다닐 만한 넓이에 양옆으로 은행나무가 심어진 길을 당신은 몹시 낯설어 했다. 나는 이제 버스가 지나다니니 고향에 오는 사람들도 조금 편해지지 않겠냐고 물었지만 당신은 대답이 없었다. 신작로를 지나면 개울이 나왔다. 당신의 집에 가기 위해서는 반드시 개울을 건너야 했다. 전에는 비가 많이 내리면 넘치기도 했는데 언젠가 장마철에 사람이 떠내려간 후로 공사를 해서 이제는 사시사철 비슷한 정도로 물이 흐른다고 했다. 개울에는 나무로 된 다리가 있었다. 그 옆으로 징검다리로 쓰였을 바위들이 박혀 있었는데 간격이 드문드문해서 거기로 건너기는 힘들 것 같았다. 당신도 저기로 건너다녔어요? 묻자 당신은 고개를 끄덕였다. 그때는 다리가 저거뿐이라 다들 저기로 건넜지. 어린애들이 건너기엔 위험했을 것 같은데, 특히 비라도 오면요. 나무다리 중간에 멈춰 개울을 바라보는 내 옆에서 당신은 고개를 꺾어 하늘을 보았다. 이 개울을 안 좋아하나 생각이 들었다. 끝 쪽에서 사람이 오는 게 보였다. 다시 다리를 건너기 시작하는데 당신이 조용히 중얼거렸다. 집에 있어야지. 비가 오면.

 한참을 걷다가 평소에 자주 가던 가게에서 밥을 먹고 나오니 완연한 밤이라는 게 느껴진다. 식당에서 깬 아이는 아직 배가 부르다며 밥을 먹지 않았다. 밖으로 나오자 더워도 바깥이 좋은지 당신의 손을 잡고 팔짝팔짝 뛰면서 걷는다. 호두가 얼마 남지 않았는데 사 갈까, 시장을 들를까, 고민하는데 나뭇잎 한 장이 얼굴로 떨어진다. 올 때 불었던 후텁지근한 바람이 조금 무거워진 게 느껴진다. 멈춰 서서 나무를 올려다보자 당신도 멈춘다. 왜 안 가냐고 당신의 손을 흔들던 아이가 어, 비 온다, 외친다. 장마가 오긴 오는구나, 당신이 허공을 바라보며 말하는 소리와 머리 위에서 나뭇잎들이 분주해지는 소리가 섞여서 들린다. 비가 쏟아지기 직전에 이는 흙먼지 냄새와 공기의 뒤틀림, 짙어지는 나뭇잎들, 익숙한 감각이 지나간다. 가지고 온 장우산 하나를 당신에게 건네주고 나도 우산을 편다. 당신은 아이를 안아들려고 하지만 아이가 몸을 비틀면서 거부한다. 아이는 비 오는 게 아직 재밌을 나이고 당신은 아이가 비 맞는 게 몹시도 싫을 것이다. 포기한 당신이 몸을 일으키자 아이가 부러 발을 세게 내디디며 걷는다. 아직 비가 많이 내리지 않아서 물이 튀지는 않는다. 당신이 뒤돌아본다. 나는 괜찮다고 고개를 끄덕이며 잘 가고 있다고 손짓한다. 아이의 손을 잡고 걷는 당신 뒤에서 한 손으로 배를 감싸고 한 손으로 우산을 쥔 채 걸으면서 비가 내려 불어난 개울을 상상한다. 나의 고향에도 개울이 있었다. 당신의 고향보다는 작은 개울이었지만 비가 많이 오면 물살이 거세지는 건 같았다. 나는 몸이 둔하고 느린 편이라 평소에도 개울 건너는 걸 무서워했는데, 특히 조금이라도 비가 오면 물살이 빨라져서 비 오는 날이 싫었다. 아침엔 분명 볕이 쨍쨍했던 걸로 기억한다. 학교를 나서면서부터 빗방울이 떨어지기 시작하더니 개울 앞에 다다랐을 땐 제법 큰 비가 되어 있었다. 건널 자신은 도저히 없었고 개울 앞에 쪼그리고 앉아 건너편만 하염없이 바라보았다. 개울 건너편에 사는 집이 얼마 없어서 지나다니는 사람도 보이지 않았다. 흠뻑 젖은 몸이 무겁고 추웠다. 책이 다 젖어서 가방은 쇳덩어리 같았다. 그렇게 한참 비를 맞으며 앉아 있으니

몸에서 김이 나는 게 보였다. 신기하게도 그때부터는 크게 춥지 않았다. 새로 떨어지는 빗방울들이 따뜻하게 느껴졌다. 바람이 불 때마다 소름이 돋기는 했지만 그 바람이 지나가고 나면 전보다 따뜻했다. 콸콸 흐르는 개울의 몸이 불어나는 소리 같은 게 들렸고 어떤 허공에 유독 비가 많이 내려 거기만 뿌예지는 걸 보고 있자니 재밌었다. 입술에 맺힌 빗방울을 핥아보기도 했다. 눈을 깜빡일 때마다 속눈썹에 맺혀 있던 빗방울이 볼을 타고 흘러내렸다. 그 궤적을 느끼다 보면 슬프지 않은 채 우는 것 같았다. 비는 한참 왔고 나는 그날 내린 모든 비를 다 맞는 기분으로 기다렸다. 비가 그치고 개울이 잠잠해지기를 아주 오래도록 기다렸다. 그렇게 기다리고 기다려서 마침내 비가 그치고 개울이 잠잠해졌을 때, 내 발로 개울을 건너 집에 왔다.

당신의 손을 잡고 타닥타닥 걷던 아이가 어느 순간 손을 잡아 빼더니 까르르 웃으며 빠르게 달려나간다. 당황한 당신이 아이의 이름을 외치며 따라가고, 아이는 뒤돌아서 물을 첨벙대며 또 크게 웃는다. 나는 조금 빠르게 걸어 당신을 따라잡는다. 당신의 등에 손을 대자 당신이 아이를 가리키며 아예 뛰어가려고 한다. 당신의 팔을 잡는다. 조금 센 힘으로. 당신이 왜 그러냐는 듯이 바라본다. 내 손을 기이한 표정으로 보면서 떼어내려고 한다. 나는 쓰고 있던 우산을 조금 옆으로 치우면서 손에 힘을 주고 말한다. 비 조금 맞아도 괜찮잖아요. 당신이 나를 본다. 뿌연 표정으로. 아이는 신작로의 끝까지 뛰어간다. 당신의 얼굴이 빗줄기처럼 투명해진다. 나는 따뜻하다,고 생각한다.

여우비

황효림 (경북 군위고등학교 3학년)
2015 소나기 이어쓰기 공모전 / 고등부 대상

해설

 황효림의 「여우비」는 앞의 소설과 마찬가지로 공모전에서 발굴한 작품으로, 고등부 대상을 받았다. 이 소설의 소년도 청년이 되었다. 청년은 집을 떠나 공부를 하고 취직을 하고, 오랜만에 고향 집에 왔다. 그리고 그 개울이다. 개울의 징검다리 가운데를 한 여자아이가 차지하고 앉아 있는 것이다. 여자아이는 청년을 "이 바보야"라고 힐난한다. 지난날 소녀의 환상이 아니다. 그 마을에 살고, '서울서 온 여주댁 손주'인 소년을 좋아하는 실제의 소녀다. 우리의 소년이 청년으로 성장한 때에, 마을에서는 한 어린 시골 소녀가 서울 소년에 대한 생각을 가슴속에 가꾸고 있는 형국이다.
 이 소설의 들판도 산길도 옛 「소나기」의 그것과 꼭 같이 닮아 있다. 소나기도 그렇다. 이번에는 소나기를 맞은 청년이 꼬박 이틀을 앓는다. 청년은 옛 소녀의 이름을 알지 못했던 것처럼, 이번 소녀의 이름도 알지 못한다. 그런데 이번 소녀는 병원에 간 서울 소년이 돌아오기 전에, 몇 년 전에 돈 벌러 갔던 엄마를 따라 떠나야 할 상황이다. 모양새는 여러 모로 바뀌었으나, 청년이 여전히 소녀와의 추억을 간직하고 있는 것처럼 이들 새 소년 소녀의 추억도 그렇게 이어질 것이다. 원래 작품의 인물과 환경을 그대로 이어받아 새롭게, 잘 구성된 속편이다.

청년은 개울가에서 걸음을 멈췄다. 징검다리 한가운데에 떡하니 앉아 제 것인 양 차지하고 있는 한 여자아이 때문이었다. 아이는 청년이 자신을 보고 있는 것을 알아차렸는지 청년을 경계하며 바라봤다. 그러곤 비켜줄 생각이 없는 모양인지,

"저기로 가. 이 다리는 내 거란 말이야."

아이의 손끝을 따라 청년의 고개가 움직였다. 손끝이 향하는 곳엔 낯선 시멘트 다리가 놓여 있었다. 하지만 청년은 그 자리에서 움직이지 않았다. 아이는 여전히 자신을 바라보고 있는 청년을 노려보았다. 아이는 심술이 났는지 새카만 얼굴이 붉어졌다. 그러곤 여태 숨을

참기라도 한 듯 파하, 하고 숨을 뱉어내며,

"이 바보야."

벌떡 자리에서 일어나 갈밭 쪽으로 달아났다. 청년은 아이가 앉아 있던 자리에 쭈그려 앉았다. 물속을 들여다보았다. 어느새 어른이 되어버린 얼굴이 비치었다. 검게 탄 얼굴도, 앳되던 얼굴도 어느새 물살에 휩쓸려 가버렸는지 물가에 비친 청년의 얼굴이 낯설었다. 청년은 손으로 휘휘 저어 제 모습을 흩뜨려놓고는 자리에서 벌떡 일어났다. 청년이 일어나자 갈밭이 흔들렸다. 그 아이인 듯싶었다.

"어서 집에 가라. 곧 해가 진다."

청년이 돌아보지 않고 터벅터벅 걸어가자 뒤에서 스르륵 갈꽃이 스치는 소리가 들려왔다.

오랜만에 집에 돌아온 청년을 어머니는 반갑게 맞았다. 공부를 한다, 취직을 한다, 이런저런 핑계를 대고 오지 않은 것이 벌써 오래인지라 집이 퍽 낯설게 느껴졌다. 닭이 푹 익는 냄새가 마당을 덮고 있었다. 아버지는 실한 놈을 잡았다며 허허 웃었다.

청년은 개구리 소리를 들으며 잠자리에 누웠다. 개구리 소리가 꼭 '바보, 바보' 하는 것처럼 들렸다. 그 소리가 누군가를 떠올리게 만들어 청년은 몸을 뒤척였다. 흘러간 시간이 무색하게 아직도 이 마을엔 소녀의 목소리가 메아리처럼 맴돌고 있는 듯했다.

다음 날 아침, 개울가엔 또 아이가 자리 잡고 있었다. 몇 년 전에 돈 벌러 간 아이 엄마가 아이를 데리러 온다는 게 사실인가 보다던 아주머니들의 수다가 스쳐 지나갔다. 아이는 개울가에 제 얼굴을 비추며 꽃 한 송이를 귀에 꽂고 있었다. 아이는 청년이 온 줄도 모르고 개울에 이리저리 얼굴을 비추다 마음에 들지 않는지 꽃을 휙 개울에 던져버렸다. 심통이 난 자리에서 일어난 아이가 그제야 청년을 발견한 듯 멈칫했다. 청년은 '여기서 뛰다 넘어지면 꽤 아플 텐데' 하고 생각했다. 청년은 소녀에게 부끄러운 모습을 들켜 도망치던 어린 시절의 찝찔한 향이 떠올라 코를 만지작거렸다. 하지만 청년의 걱정과는 달리 아이는 도망치기는커녕 청년에게 걸어왔다.

"아저씨도 서울서 왔어?"

"아니."

"근데 어떻게 이렇게 하얘?"

청년은 아이의 말에 흠칫 놀라 물속을 들여다보았

다. 까맣게 탄 아이의 얼굴과 청년의 얼굴이 제법 비교되었다.

"나도 하야면 꽃이 어울릴 텐데……"

"너도 꽃이 좋으냐?"

"응, 저어기 가면 꽃이 참 많다."

아이가 저 멀리 벌 끝을 가리켰다. 청년은 고개를 끄덕였다. 아직도 눈이 따갑게 펼쳐진 그날의 풍경이 선했다.

"아저씨는 저기 가봤어?"

청년이 고개를 다시 끄덕이자, 아이는 자랑할 게 사라졌는지 칫, 하고,

"나도 다녀왔다. 친구랑……"

말을 끝맺지 못한 아이의 얼굴에 어두운 빛이 피어났다.

"같이 가볼 테냐?"

청년이 자리를 털고 일어나며 말했다. 아이는 세차게 고개를 끄덕였다.

논 사잇길로 접어들었다. 낡은 허수아비들이 여전히 제자리를 지키고 있었다. 청년의 발걸음이 눈에 띄게 느려졌다. 그새 아이는 신이 난 듯 논 사잇길을 달려가

고 있었다. 바람이 불었다. 노랗게 익은 벼들이 사라락 소리를 냈다. 허수아비에 매달린 깡통이 덜그럭 소리를 내며 흔들렸다. 청년은 덜컥 걸음을 멈추었다. 소리가 나는 곳을 돌아봤다. 허수아비는 홀로 쓸쓸하게 춤을 추고 있었다. 허수아비를 춤추게 하는 건 소녀가 아니라 바람이었다. 아이가 저 멀리서 청년을 불렀다.

아이는 뛰다시피 산길을 올라갔다. 그리 멀어 보이던 곳이 어느새 코앞에 있었다. 청년은 색색의 빛깔에 숨이 턱 막혔다. 청년은 꽃을 한 옴큼 꺾었다.

"아저씨는 왜 도라지꽃만 꺾어?"

형형색색의 꽃을 한 아름 안고 있는 아이가 청년에게 물었다.

"……보랏빛이 좋아서 그런다."

청년이 대답했다.

"아저씨도 누구 주려고 꺾는 거야?"

아이의 말에 청년은 고개를 저었다. 전해줄 이 없는 꽃묶음이 부질없이 느껴졌다. 청년의 손이 멈추었다.

"난 내 친구 줄 거다. 걘 사내자식이 꽃을 참 좋아한다. 얼굴도 하얘서 꽃을 꽂으면 참 예쁘다."

말을 하는 아이의 얼굴에 분홍빛 꽃물이 들었다.

"친구는 어디에 있는데?"

청년의 물음에 아이가 금세 시무룩해졌다.

"……양평읍에 갔대. 병원에 다녀온다더니 아직도 안 온다."

아이의 고개가 저 멀리 돌다리가 있는 곳을 향해 돌아갔다.

"우리 엄마가 그 애보다 먼저 오면 어쩌지?"

아이가 걱정스러운 목소리로 중얼거렸다.

저 멀리 물웅덩이 위로 한 송이 비꽃이 피었다. 투둑투둑 빗줄기가 떨어졌다. 청년은 고개를 들어 하늘을 보았다. 시커먼 구름이 머리 위를 차지하고 있었다. 또 비였다. 가슴이 철렁했다. 청년은 급히 아이를 보았다. 아이는 하늘을 올려다보더니 자리에서 벌떡 일어났다. 청년이 비를 피할 곳을 찾아 두리번거리는 사이, 아이는 저 멀리 나무 밑으로 달려가고 있었다.

나뭇잎 사이로 비가 떨어졌다. 청년은 걱정이 되어 아이를 보았다. 겉옷을 아이에게 벗어주었다.

"아저씨 감기 들면 어떡해?"

"난 괜찮다."

얄팍한 빗방울은 그칠 생각이 없어 보였다. 이대로라

면 해가 질지도 몰랐다.

"아무래도 쉬이 그칠 것 같지가 않다. 비를 맞아도 괜찮으냐?"

아이가 고개를 끄덕였다.

그날 이후, 청년은 꼬박 이틀을 앓았다. 청년은 꿈을 꾸었다. 소년 시절의 자신과 분홍 스웨터의 그 소녀가 뛰노는 꿈이었다. 소녀는 팔짝팔짝 뛰어 돌다리를 건넜다. 그때, 사방이 보랏빛으로 변했다. 이내 소나기가 쏟아졌다. 쏟아지는 빗줄기는 안개처럼 뿌옇게 시야를 가렸다. 소년은 다리 건너 소녀를 보았다. 소녀는 홀로 저 멀리 뛰어갔다. 돌다리는 어느새 개울물에 잠겨 보이지 않았다. 소년은 소녀를 부르려 했지만 입이 떨어지지 않았다. 들에 피어난 꽃 이름은 다 알면서 정작 소녀의 이름은 한 글자도 알지 못하는 탓이었다.

온몸이 땀범벅이었다. 예고 없이 쏟아진 비 탓인지, 예고 없이 꿈속에 나타난 소녀 탓인지 온몸에 열이 올랐다. 흐릿하게 부모님의 목소리가 들려왔다.

"쯧쯧, 사내놈이 비 좀 맞았다고 앓아누워서는……"
"얼마 전에 서울서 온 여주댁 손주도 앓다가 병원에 갔대잖아요. 읍에서도 큰 병원 가보랬다던데…… 애도 큰 병 난 거 아닌가 몰라요."

청년은 돌다리를 지키고 있을 아이의 얼굴이 떠올랐다. 마당 밖엔 여전히 빗소리가 들려왔다. 아직까지 내리는 걸 보니 금세 그칠 소나기가 아니었던 모양이다. 청년은 떨어지는 빗방울 소리를 세어보다가 다시 잠이 들었다.

다음 날, 청년은 자리에서 일어나자마자 개울가로 향했다. 비는 그쳤지만, 흐린 하늘은 갤 줄을 몰랐다. 개울물은 불어나 찰랑거리고 있었다. 돌다리는 물에 잠길 듯 위태위태했다. 그때, 청년을 부르는 소리가 들렸다. 건너편 개울둑 위였다. 아이였다. 청년은 개울 건너편에서 물었다.

"친구 기다리는 거냐?"

아이는 말없이 손에 들린 꽃묶음을 만지작거렸다. 시들한 것이 지난번 산에서 꺾은 꽃묶음인 듯 보였다. 날씨가 흐려서인지 오늘따라 유난히 아이의 표정도 곧 비가 몰려올 것처럼 흐려 보였다.

"하늘이 흐린 게 또 비가 올지도 모른다. 개울가는 위험하니 어서 집에 들어가."

아이는 고개를 절레절레 저었다.

"어쩌면 안 올지도 모른다."

청년의 말에 아이가 벌떡 일어났다.

"아니야, 온댔어!"

청년은 제가 괜한 말을 한 것인가 후회했다. 그때, 청년의 앞에 무언가가 날아와 풍덩 소리를 내며 옅은 물결을 일으켰다. 아이가 던진 조약돌이었다. 아이는 그래도 분이 풀리지 않는 듯 몇 번을 더 청년의 발 앞에 돌을 던졌다.

"나랑 다시 꽃놀이 가기로 했단 말이야. 내가 꽃목걸이도 만들어주겠다고 했단 말이야!"

조약돌을 던져대던 아이는 씨익씨익 거친 숨을 뱉으며 청년을 노려보고는 뒤돌아 뛰어갔다.

다시 내린 비는 며칠 동안 쉬지 않고 쏟아졌다. 홍수가 나는 게 아닌가 싶어 청년의 아버지는 몇 번이고 집과 논을 왔다 갔다 했다. 청년 역시 아버지를 따라 바쁘게 움직였다. 그 탓에 청년은 개울가에 갈 수 없었다.

드디어 비가 그쳤다. 며칠 만에 간 개울은 돌다리를 집어삼킬 만큼 불어 있었다. 그곳엔 아이가 없었다. 다음 날도 아이는 개울가에 나타나지 않았다.

그리고 며칠 뒤, 아이는 웬일인지 머리를 양 갈래로

곱게 땋은 채 나타났다.

"나 산 너머에 다녀왔다."

아이의 손엔 싱싱한 꽃가지가 들려 있었다.

"도라지꽃도 꺾어왔다. 자."

아이는 보랏빛 꽃만 골라내어 청년에게 건넸다. 청년은 아이가 건넨 꽃묶음을 얼결에 받아들었다. 아이는 좋아하던 꽃을 품에 안고 있으면서도 웃을 줄을 몰랐다. 무슨 일이 있냐는 물음에 아이가 대뜸 물었다.

"아저씨는 날 기억할 거야?"

"아마도."

청년이 고개를 끄덕이며 말했다. 왜 묻느냐고 되묻기도 전에 아이가 고개를 푹 숙이고 다시 입을 열었다.

"아저씨, 그 애도 꽃을 보면 내가 생각날까?"

아이의 낯빛이 어두워졌다. 빗방울을 잔뜩 머금고 있는 구름처럼 아이의 눈이 잔뜩 눈물을 머금고 있었다. 청년은 아이가 곧 떠날 거라는 예감이 들었다. 곱게 땋은 머리는 아이의 엄마가 돌아왔다는 뜻이었다.

청년은 크게 고개를 끄덕였다. 청년이 여전히 소녀와의 추억을 간직하고 있는 것처럼 그 애 역시 아이를 기억할 것이다. 두 사람 사이의 추억이 비단 아이에게만

남겨지지는 않을 터였다. 청년의 당연하다는 대답에 아이는 안심이 됐는지 활짝 미소 지었다. 그 바람에 아이의 눈에 고여 있던 눈물 한 방울이 흘러내렸다.

그때 개울가에 톡 소리와 함께 물결이 일었다. 청년은 고개를 들어 하늘을 보았다. 하늘엔 여전히 눈부신 태양이 떠 있었다. 여우비였다. 빗방울은 청년과 아이를 적셨다. 어쩌면 청년이 본 것이 눈물이 아니라 먼저 내린 빗방울일지도 몰랐다.

빗소리가 잦아들었다. 아이는 여전히 미소 지은 채 안녕, 하고 손을 흔들었다. 비와 함께 떠나가는 아이의 모습이 꼭 꿈결 같아서 청년은 꽃묶음만 꼭 쥔 채 멍하니 아이의 뒷모습을 바라보았다.

여우비는 눈 깜짝할 새에 자취를 감추었다. 청년의 손에 들린 보랏빛 꽃묶음만이 빗물을 머금고 있을 뿐이었다. 아이의 마지막 물음이 청년의 머릿속으로 옮겨왔는지 청년은 멍하니 꽃묶음을 바라보며 생각했다. 소녀도 날 기억할까?

그 순간, 어디선가 분홍빛 나비 한 마리가 청년의 품으로 날아들었다. 나비는 한참 동안 청년의 주변을 맴돌다가 보랏빛 꽃잎에 사뿐히 내려앉았다. 나비의 날개가 소녀의 스웨터 빛깔과 닮았다고 청년은 생각했다. 청년의 눈시울이 붉어졌다. 소녀가 잊지 않고 찾아온 것일지도 몰랐다. 청년은 울지 않으려 입술을 꼭 깨물었다. 청년은 소녀 앞에서 씩씩한 척 송아지에 올라타던 철없던 소년 시절로 돌아가 있었다.

이윽고 나비는 다시 날아올랐다. 청년은 나비의 날갯짓을 따라 고개를 들었다. 하늘은 맑게 개어 있었다. 청년은 멀어지는 나비를 향해 손을 흔들었다. 그 옛날, 소녀에게 하지 못한 인사를 뒤늦게 하기라도 하는 것처럼 청년은 나비가 보이지 않을 때까지 한참을 그렇게 손을 흔들었다.